CRÍTICA DA IDÉIA DE SANÇÃO

JEAN-MARIE GUYAU

CRÍTICA DA IDÉIA DE SANÇÃO

Tradução
REGINA SCHÖPKE
MAURO BALADI

martins
Martins Fontes

O original desta obra foi publicado com o título *Critique de l'idée de sanction*

1ª edição
Dezembro de 2007

Capa e projeto gráfico
Renata Miyabe Ueda

Produção editorial
Eliane de Abreu Santoro

Preparação
Mariana Echalar

Revisão
Simone Zaccarias

Produção gráfica
Demétrio Zanin

Dados Internacionais de Catalogação na Publicação (CIP)
(Câmara Brasileira do Livro, SP, Brasil)

Guyau, Jean-Marie, 1854-1888.
Crítica da idéia de sanção / Jean-Marie Guyau ; tradução Regina Schöpke e Mauro Baladi. – São Paulo : Martins, 2007. – (Coleção Tópicos Martins)

Título original: Critique de l'idée de sanction.
Bibliografia.
ISBN 978-85-99102-84-8

1. Ética 2. Guyau, Jean-Marie, 1854-1888 – Crítica e interpretação 3. Sanções (Direito) Vícios 5. Virtudes I. Título. II. Série.

07-9220 CDD-179

Índices para catálogo sistemático:
1. Sanções : Ética : Filosofia 179

Martins Editora Livraria Ltda.
Rua Prof. Laerte Ramos de Carvalho, 163
01325-030 São Paulo SP Brasil
Tel. (11) 3116.0000 Fax (11) 3115.1072
info@martinseditora.com.br
www.martinseditora.com.br

Sumário

Guyau: um filósofo da vida

Regina Schöpke

Nietzsche dizia, a respeito de si mesmo, que "alguns homens nascem póstumos". Ele se referia ao caráter intempestivo de suas idéias, ao fato de que alguns pensadores estão muito à frente de seu tempo: eis por que são incompreendidos, desprezados ou mesmo ignorados pela sociedade em que vivem. É como se cada época tivesse seu próprio crepúsculo, essa espécie de claridade fugidia ou de semi-escuridão que impede a percepção clara da beleza e da grandeza de certas idéias no momento em que são concebidas. Nesse caso, as palavras de Nietzsche poderiam aplicar-se também ao filósofo e poeta francês Jean-Marie Guyau (1854–1888), cuja obra – muito bem recebida por contemporâneos como Bergson e o próprio Nietzsche – acabou caindo no esquecimento ou, talvez fosse melhor dizer, ficou adormecida durante um longo tempo.

Um "filósofo da vida", eis a melhor maneira de definir Guyau. Mas não porque ele faça da existência um objeto de reflexão, e sim porque faz de sua obra um manifesto de amor à vida. Ele, cuja saúde era tão frágil e que viveu tão pouco, legou-nos uma filosofia que não apenas exalta a beleza dessa existência, mas que convida o homem "a estender as mãos e andar para criar o futuro". Seus interesses eram múltiplos: o tempo, a moral, o direito, a religião, a ecologia... enfim, adaptando a Guyau as palavras do romano Terêncio, "nada do que é humano lhe era estranho". Sem dúvida, Guyau tem pontos em comum com Nietzsche (que foi seu leitor) e também com Bergson (que, ainda em começo de carreira, colaborou na edição de uma de suas obras póstumas, *La genèse de l'idée de temps* [A gênese da idéia de tempo]). Mas, apesar de certas semelhanças, eles trilharam caminhos bem distintos.

Pois bem, se é possível dizer que as reflexões de Guyau sobre o tempo são profundamente originais (seja por sua crítica a Kant, seja pela forma como ele descreve a formação da idéia do tempo em nossa subjetividade), mais original ainda é sua noção de moral sem sanção, ou seja, sem castigos e sem recompensas, cuja reflexão ele estenderá ao direito penal e à idéia de "justiça distributiva" que lhe dá sustentação[1].

1. As práticas jurídicas do fim do século XIX eram igualmente condenadas por Cesare Lombroso e pelos discípulos de sua escola italiana de antropologia criminal. Segundo Lombroso, mais importante do que identificar um delito e impor-lhe uma pena era determinar a condição psicofisiológica do réu (já que ele acreditava numa tendência atávica para o crime, praticamente independente do meio). Assim, lidar com "crimes" e "penas" gerais não passaria de algo metafísico, e a verdadeira justiça estaria realmente nas mãos da medicina. Apesar de, na aparência, Guyau e Lombroso estarem de acordo quanto à questão das penas, nem por isso eles chegam às mesmas conclusões.

Para começar, o conceito de "anomia", trazido por Guyau, tem despertado cada vez mais a atenção dos estudiosos, que vêem nele uma forma de repensar a questão dos castigos e das penas criminais (uma vez que já está mais do que comprovado, pela própria realidade, que nem as punições e nem mesmo a ameaça da pena de morte têm diminuído a agressividade humana). Estritamente falando, "anomia" quer dizer "ausência de lei". Em poucas palavras, não existe, para Guyau, uma lei moral transcendente, universal, válida para todos os tempos e para todas as sociedades. Não há um céu para nos julgar nem um Deus que castiga os maus ou que favorece os bons. Assim como também não existem leis universais da razão, como defende Kant, o que torna seu "imperativo categórico" algo bastante problemático.

Resumindo a questão: Kant sustenta que o homem "deve" submeter-se às leis da razão e que o castigo ou a pena, embora não sirvam para fundamentar essas leis (que são *a priori*), funcionam como um importante complemento. Guyau, ao contrário, afirma que é um contra-senso falar em leis racionais como regras naturais e universais, já que – num sentido bem profundo – uma lei natural é, em si mesma, inviolável. Dito de forma breve: faça o homem o que fizer, ele jamais poderá violar uma lei natural ou então ela não seria uma lei[2].

2. "Violar" uma lei natural nada mais é do que descobrir seu caráter ilusório. Uma lei verdadeiramente natural (como a da gravidade, por exemplo) não pode ser violada. Mas, mesmo nesse caso, resta saber se existem leis naturais no sentido de que são eternas e imutáveis ou se são apenas "regras" locais e provisórias (ainda que "provisória" possa significar milhares de anos e que "local" seja o universo que conhecemos).

Bem, o que isso quer dizer na prática? Quer dizer que, ainda que o direito tenha tentado fugir da metafísica (tal como fizeram as ciências positivas em geral), ele continua assentado na noção de "justiça distributiva", que tem como princípio a idéia (um tanto religiosa ou mística) de que o homem "bom" deve ser recompensado e o "mau" deve ser punido. Ainda que isso reflita nossos desejos mais profundos de ver triunfar o bem sobre o mal ou, simplesmente, a ordem sobre a desordem ou a civilização sobre a barbárie, a verdade é que a idéia de que "o vício chama racionalmente, em sua seqüência, o sofrimento e [que] a virtude constitui uma espécie de direito à felicidade" é enganosa para Guyau. Ou melhor, esse "ideal" tem sua origem na própria realidade, na forma como o homem se constituiu como "homem", em sua organização social, mas não existe de modo algum como uma lei universal e absoluta.

Quando Guyau afirma, em seu ensaio "Crítica da idéia de sanção" (que ora apresentamos neste volume), que é preciso purificar a idéia de sanção de toda a aliança mística, ele deseja com isso mostrar que, apesar de termos chegado a ela por um instinto natural (ele afirma que a idéia de sanção tem origem em sentimentos primitivos legítimos), não devemos nos deixar enganar por uma moral que acredita que a natureza castiga e que o homem e Deus apenas se encarregam de completar a tarefa. Afinal, para Guyau (e também para Nietzsche), a natureza é amoral. Ela não castiga nem dá recompensas. É claro que aqueles que se afastam de seus instintos mais básicos sofrem as conseqüências, mas isso não ocorre de modo matemático nem por causa de alguma determinação divina ou racional. É uma lei simples de ação e reação: come-se muito, passa-se mal... (nem todos, como sabemos); dorme-se pouco e não se consegue trabalhar direito.

Também, moralmente falando, diz-se que um homem que faz mal aos outros acaba atraindo o mal para si. Talvez, em alguns casos, isso seja verdade... Mas nem sempre podemos contar com essa "vingança da natureza". A verdade mesmo é que um homem que abusa dos outros, explora e viola certas leis sociais e humanas pode sofrer, a qualquer momento, alguma represália. E, quando isso não ocorre, também é possível que sua consciência (caso lhe reste alguma) possa cobrá-lo por seus malefícios. Mas nada disso é garantido. Daí que, para Guyau, não é por medo de um castigo humano ou divino que não se deve fazer o mal. Não se deve fazê-lo por uma questão de bom senso e consciência. Quem não atinge esse nível de consciência será sempre refém das circunstâncias e das próprias paixões, e, portanto, tanto faz ser ou não castigado.

Enfim, é preciso entender aonde Guyau quer chegar. Para ele, a questão da punição revela-se profundamente inútil. Isso porque, quando se pune alguém por um malefício, nunca se pode fazê-lo "na mesma moeda", pois é impossível quantificar um dano ou um mal moral[3]. A célebre "lei de talião", por exemplo, tenta equalizar e diminuir a distância entre o delito cometido e seu castigo, mas ainda assim não resolve nada, já que ela só serve – em tese – para tentar impedir as ocorrências futuras (e para dar exemplo aos que porventura queiram violar as leis). Afinal, o que está feito está feito, e a vingança pode aplacar a ira, mas não repara o mal em si. E, se Guyau estiver certo, a verdade é que – quer exista um livre-arbítrio, quer o homem seja determinado por causas alheias a sua vontade – a punição é absolutamente desnecessária e só produz ainda mais violência. Isso porque, no caso de um determinismo, o indivíduo faria o mal contra a sua vontade e, dessa forma, de nada adiantaria castigá-lo. No caso do livre-arbítrio, o indivíduo realiza suas ações por uma decisão pessoal, podendo ficar satisfeito com elas ou arrepender-se. Se estiver satisfeito com o mal praticado, de nada adianta o castigo, pois isso não irá modificar seus desejos. E, se estiver sinceramente arrependido e reconhecer seu erro, menos ainda há razão para lhe infligir uma pena (que se afigura, nesse caso, apenas como uma revanche, uma vez que sua finalidade "educativa" já foi atingida).

Em poucas palavras, o que Guyau deseja saber é até onde pode chegar uma moral que não representa prejuízo algum para o homem, ou seja, quanto é possível romper com

3. As questões morais são invariavelmente subjetivas. Um dano material pode até ser reparado, na medida em que é puramente material, mas não os danos psicológicos e as perdas afetivas. Para estes, não existe verdadeira reparação.

o aspecto religioso da punição e basear a moral nos verdadeiros valores humanos (valores racionais, porém não universais e absolutos). A questão é: até que ponto o respeito às leis humanas pode ocorrer de modo natural e sem imposição (já que, no fundo, tem-se mostrado impossível corrigir ou reparar os erros e, mais ainda, impedir que eles tornem a acontecer)? Isso só será possível, pensa Guyau, quando o homem seguir as leis não por uma obrigação mística, mas por obediência aos mais "generosos impulsos da natureza humana" e pelas próprias necessidades da vida social.

É claro que seria possível objetar que o homem, desde os tempos mais primitivos, só pela força obedece às leis e que dificilmente abriria mão de sua ambição e de seu egoísmo. Para Guyau, porém, tanto o egoísmo quanto o altruísmo são sentimentos naturais e estão presentes em todas as formas de vida, do menor ao maior ser. Ele apresenta vários exemplos de altruísmo entre os animais e, como é um defensor legítimo do evolucionismo, acredita que o homem é capaz de fazer muito mais do que tem feito. Tomando alguns homens como parâmetro, é possível que isso seja verdade. Resta saber, no entanto, se esses homens podem ser considerados uma exceção à regra ou se, tal como pensa Guyau, a própria existência deles é prova suficiente de que o homem pode ser melhor do que tem sido.

A questão fundamental é: como o homem pode ser diferente? O que realmente o define: suas características individuais ou o meio (ou seriam as duas coisas)? Para Nietzsche, por exemplo, o homem é um animal adoecido, um animal que luta contra seus instintos e contra a própria vida. Para ele, a "cura" só é possível para aqueles que conseguirem romper com esse niilismo e, em certo sentido, com o próprio "homem" (ou, mais precisamente, com aquilo que ele se tornou). Para Guyau, no entanto, a questão é diferente. Trata-se de fazer valer nossas aptidões, de afirmar o "humano" em nós. Em outras palavras, um aborda a questão como uma superação do homem, o outro a encara mais como uma afirmação (ainda que seja de uma humanidade que até agora só existiu como aspiração).

Pois bem, sem dúvida nenhuma essas questões continuam tão atuais quanto na época em que foram formuladas. Não é sem razão que Nietzsche tinha tanta estima por Guyau, que não conheceu pessoalmente (ainda que tenham estado muito próximos), mas do qual leu com atenção algumas obras, como *L'irréligion de l'avenir* [A irreligião do futuro] e *Esquisse d'une morale sans obligation ni sanction*[4] (fazendo inúmeras anotações em seus exemplares). Em muitos aspectos, eles se tocam, mas também em muitos outros a distância entre seus pontos de vista é abissal. Guyau é bem mais humanista e complacente que Nietzsche, mas ambos têm um modo especial de pensar o homem e de ver a filosofia. Além disso, ambos eram poetas e escreviam com imensa beleza.

4. *Ensaio de uma moral sem obrigação nem sanção*, Lisboa, Guimarães & Ca, 1919.

Há quem considere que o sucesso do pensamento de Nietzsche tenha eclipsado o de Guyau, mas há aqueles que julgam que foi a filosofia de Bergson que lançou uma sombra sobre a de seu conterrâneo e antecessor (o primeiro livro de Bergson foi publicado justamente no ano seguinte à morte de Guyau). Afinal, até os anos 20 do século passado, Guyau ainda desfrutava de certa popularidade (exatamente no momento em que a obra de Bergson atingia seu apogeu). É quase certo, porém, que o lamentável esquecimento em que caiu a obra de Guyau tenha começado com a morte de seu mentor e padrasto, o filósofo Alfred Fouillée (1838–1912), que havia assumido a tarefa de publicar seus diversos escritos póstumos e de difundir suas idéias.

Seja como for, é difícil não ver na noção bergsonista de duração a marca de Guyau, pois ambos – ao trabalharem a questão do tempo – distinguem um tempo quantitativo, mensurável (o tempo físico, cosmológico), de um tempo psicológico, qualitativo e não mensurável (que se confunde com a consciência ou com a "vida da alma", para usar uma expressão de Plotino). Ainda que Bergson tenha chegado a uma posição diferente da de Guyau (um afirma a existência de um tempo em si e o outro a nega), não há dúvida de que suas reflexões devem muito a *La genèse de l'idée de temps*.

Entretanto, ainda que tais questões (que merecem estudos mais aprofundados) não sejam objeto deste breve texto sobre a sanção, é bom tomar Guyau de um só fôlego (ou poderíamos dizer, utilizando um conceito do próprio Bergson, que é preciso "intuir" sua alma para entender melhor suas idéias). Não precisamos concordar com tudo o que ele diz, é claro, mas é impossível não ser tocado por seu pensamento e pelas alturas a que se eleva seu espírito. Todos os temas tratados por ele ganham um brilho especial, marca de sua genial capacidade de, como um Midas, transformar em ouro tudo aquilo que toca. Assim, um tema por vezes árido e impenetrável transforma-se numa instigante e refinada aventura do pensamento.

Não é por outra razão que decidimos trazer de volta, ao "céu da filosofia", a obra de Jean-Marie Guyau (aliás, inédita em português), começando por este trabalho, que, embora breve, já permite avaliar a originalidade e a grandeza de seu pensamento. Se, na aparência, ele não trata aqui da vida, sua maior paixão, na essência é sempre da vida que ele nos fala. Se defende uma moral sem punições (e absolutamente imanente, tal como sua filosofia), é porque deseja que o homem comece a fazer uso real de sua razão, pois de nada adianta intitular-se o mais inteligente e nobre dos animais se vive em meio a guerras, ódios e sofrimentos causados por sua própria insensatez. Está na hora de o homem fazer valer essa sua tão proclamada superioridade e construir um mundo verdadeiramente melhor. Utopia? Talvez... Mas, quando o último homem deixar de acreditar que é possível fazer alguma coisa para mudar o mundo ou a si mesmo, o sonho da própria razão terá desabado com ele. Enfim, é hora de andar e de criar o futuro!

Nota biográfica sobre Guyau*

Alfred Fouillée

Jean-Marie Guyau nasceu em 28 de outubro de 1854 em Laval, onde ficou até os três anos. Seu primeiro guia nos estudos foi a mãe, autora (sob o pseudônimo de G. Bruno) de obras educativas universalmente difundidas – notadamente *Francinet*, premiada pela Academia francesa, *Le tour de la France par deux enfants* [A volta da França por duas crianças] e *Les enfants de Marcel* [Os filhos de Marcel]. Em seguida, Jean-Marie Guyau fez seus estudos clássicos sob minha orientação. Estávamos unidos por laços de parentesco: sua mãe, que era minha prima-irmã, tornou-se mais tarde minha esposa. Fui então, para Guyau, um segundo pai.

Desde a infância, ele mostrou um ardor e uma precocidade extraordinários. Ele tinha 15 anos quando estive

* Extraída da introdução do livro *La morale, l'art et la religion d'après Guyau* [a moral, a arte e a religião segundo Guyau], de Alfred Fouillée (Paris, Félix Alcan, 1913), pp. VII-X. (N. de T.)

a ponto de perder a visão, depois do excesso de trabalho ocasionado por meus dois estudos sucessivos sobre Platão e Sócrates. Durante longos meses, fui condenado a não ler nada e a nada escrever. Foi então que o jovem Guyau me emprestou seus olhos, fez para mim pesquisas e leituras, escreveu o que eu lhe ditava e acrescentou a meu trabalho suas reflexões, e até suas frases, às minhas. Ele já platonizava com uma elevação de espírito e uma penetração incríveis para um adolescente. Assim, dediquei justamente a sua memória meu livro sobre a filosofia de Platão.

Licenciado em letras aos 17 anos, ele logo se pôs a traduzir o *Manual* de Epiteto e precedeu sua tradução de um estudo eloqüente sobre a filosofia estóica. Aos 19 anos, foi laureado pela Academia das Ciências Morais e Políticas, em um concurso excepcionalmente brilhante, por uma tese sobre a moral utilitária desde Epicuro até a escola inglesa contemporânea. No ano seguinte, foi encarregado de um curso de filosofia no liceu Condorcet.

Sua saúde abalada o forçou quase imediatamente a renunciar ao ensino. Ele passou, desde então, os invernos no sul: o primeiro ano em Pau e Biarritz, os outros anos em Nice e Menton. Mas sua saúde enfraquecia impiedosamente. Em 1888, por ocasião do tremor de terra que assustou a costa do Mediterrâneo (mas que só produziu desastres sérios na Itália), Guyau foi obrigado a dormir por várias noites em uma casinha úmida, que então nos servia de abrigo. Ele pegou um resfriado que exerceu, sem dúvida, uma ação fatal sobre seus rins e pulmões. Então o mal logo se manifestou com violência, sob a forma de uma tuberculose aguda. Guyau morreu aos 33 anos, numa sexta-feira, 31 de março de 1888.

Além da tradução do *Manual* de Epiteto e de diversas edições de obras clássicas – notadamente os *Opúsculos filosóficos* de Pascal –, Guyau publicou *La morale d'Épicure et ses rapports avec les doctrines contemporaines* [A moral de Epicuro e suas relações com as doutrinas contemporâneas], cuja primeira edição foi impressa em 1878. Era a primeira parte da grande tese laureada pelo Instituto. A seqüência foi publicada em 1879, com o título de *La morale anglaise contemporaine* [A moral inglesa contemporânea], estudo muito aprofundado das doutrinas inglesas por um espírito que ainda não havia rompido inteiramente com a filosofia espiritualista tradicional. Depois vieram os *Vers d'un philosophe* [Versos de um filósofo], cuja primeira edição foi impressa em 1881, e *Les problèmes de l'esthétique contemporaine* [Problemas da estética contemporânea] (1884). Em 1885, foi publicada a obra ousada e original que deveria marcar época na história das idéias contemporâneas: *Esquisse d'une morale sans obligation ni sanction.* Esse livro suscitou a admiração de Nietzsche, que o anotou inteiramente com as próprias mãos. Nietzsche cobriu, do mesmo modo, de anotações marginais a segunda obra-prima de Guyau, *L'irréligion de l'avenir*, publicada em 1887[1].

1. Sem desconfiarmos disso, Nietzsche, Guyau e eu passamos o inverno, no mesmo período, no litoral de Nice. O filósofo alemão conhecia os livros de Guyau e os meus; Guyau e eu não tivemos nenhum conhecimento do *Zaratustra*. Ver, em nosso *Nietzsche et l'immoralisme* [Nietzsche e o imoralismo], os capítulos dedicados à comparação entre Nietzsche e Guyau.

Três outras obras de Guyau estavam terminadas quando ele morreu. Tive apenas de dirigir sua publicação: *L'art au point de vue sociologique* [A arte do ponto de vista sociológico], da qual Tolstói parece ter tirado uma parte de suas idéias sobre a arte, embora mencione somente *Les problèmes de l'esthétique contemporaine* [Problemas da estética contemporânea]; depois *Éducation et hérédité* [Educação e hereditariedade], obra que se tornou um clássico da pedagogia, e, por fim, *La genèse de l'idée de temps.*

Educador de primeira grandeza, Guyau também publicou obras escolares muito apreciadas: *La première année de lecture courante* [Primeiro ano de leitura corrente] (edição Armand Colin), *L'Année préparatoire* [O ano preparatório], *L'Année enfantine* [O ano infantil] etc.

Quase todas as suas obras filosóficas foram traduzidas para o inglês, o alemão, o espanhol e o polonês. Suas obras completas foram publicadas em russo, e madame Swartz publicou-as em alemão. Os editores da Rússia, além disso, pediram autorização para difundir em seu país, em um número considerável de exemplares, o retrato de Guyau. Esse retrato permite imaginar, embora imperfeitamente, uma fisionomia de uma nobreza e de uma doçura incomparáveis. Guyau era de estatura elevada, com traços regulares, abundantes cabelos negros muito encaracolados e olhos bem suaves de um azul intenso. Ele tinha um ar de reflexão contemplativa. Seu sorriso exprimia uma bondade e uma serenidade que nenhum sofrimento pôde perturbar.

Sua inteligência era de uma versatilidade espantosa: Guyau exercitava-se com gosto nas matemáticas, tanto quanto na poesia ou na filosofia. Sua memória era excelente, tanto para os fatos quanto para as idéias, tanto para as formas e cenas da vida exterior quanto para as da vida interior. Era um homem "visual". Tinha, aliás, excelentes olhos, muito atentos a todas as belezas da natureza, com um gosto pronunciado pelas viagens, por todas essas visões da montanha e do mar que enchem seus poemas. Gostava e entendia de todas as artes, inclusive a música, e mostrou notáveis disposições para a composição musical. Do mesmo modo como, em seus *Vers d'un philosophe*, ele havia, em vários pontos, antecipado as ousadias da versificação contemporânea (e reagido contra o verso demasiado plástico, em favor do verso musical), nas melodias que compôs – sobre poemas de Sully-Prudhomme, de Musset e de Hugo – ele pressentira a liberdade e a fluidez das formas novas. Era uma música totalmente psicológica e poética, de delineamento indeciso e cambiante. Em todas as coisas, Guyau mostra-se um iniciador, liberto dos preconceitos do passado, muito curioso do presente e com o melhor de sua alma voltado para o futuro.

Na obra de Guyau, o senso da arte e da poesia alia-se a um senso positivo muito desenvolvido. Se ele pensava muitas vezes por imagens, pensava também – e antes de tudo – psicologicamente. As primeiras formas de seu pensamento eram as formas – ou, antes, as movediças direções – da vida interior. As imagens de fora não vinham senão após os sentimentos de dentro. O próprio Aristóteles disse que não é possível pensar sem imagens. Como, portanto, interditar ao filósofo o emprego daquilo que os antigos chamavam de "as luzes dos pensamentos" (*lumina sententiarum*), quero dizer, as comparações que esclarecem a idéia restabelecendo nela a analogia essencial entre o exterior e o interior? Comparação é muitas vezes razão*. Em seu estudo sobre a idéia de tempo**, diz Guyau a esse respeito:

> O raciocínio por analogia tem uma importância considerável na ciência. Se a analogia é o princípio da indução, talvez ela seja também o fundamento de todas as ciências físicas e psicofísicas. Muitas vezes uma descoberta começou por uma metáfora. A luz do pensamento praticamente só pode projetar-se em uma nova direção e iluminar os cantos escuros com a condição de ser enviada para lá por superfícies já luminosas. Só nos surpreendemos com aquilo que nos lembra alguma coisa, ao mesmo tempo em que difere dela. Compreender é, ao menos em parte, lembrar-se. Para tentar compreender as faculdades, ou melhor, as funções psíquicas, tem-se feito uso de muitas comparações, de muitas metáforas. Aqui, com efeito, no estado ainda imperfeito da ciência, a metáfora é

* Há, no original, um jogo de palavras – entre "compa*raison*" e "*raison*" – que não pôde ser conservado na tradução. (N. de T.)

** Ver p. 49. (N. de T.)

de uma necessidade absoluta: antes de saber, é preciso começar por imaginar.

De resto, acrescentaremos: se o senso poético excluísse o senso filosófico, não teríamos tido um Platão – para não falar de Plotino ou de Schelling.

Poeta e filósofo, Guyau era ao mesmo tempo o contrário de um artista diletante e de um lógico escolástico. Tendo horror ao diletantismo, em seu tempo ainda em voga, em toda parte e em tudo ele buscou aquilo que chamava de "a seriedade da vida, do pensamento e da arte". Em toda parte combateu a "teoria do jogo", quer se tratasse do jogo estético ou do jogo intelectual. Era um meditativo, um homem interior, que tomava as idéias e os sentimentos na plenitude de seu valor vital e intelectual: tudo repercutia nele até o fundo de seu ser, em vez de permanecer – como no amador e no diletante – na superfície.

A seriedade chegava a ser nele, por vezes, uma espécie de tristeza serena, resignada e mesmo sorridente. Falando da arte, ele disse: "Os prazeres elevados são aqueles que quase fazem chorar". Com muito mais razão, as alegrias do pensamento filosófico estavam nele, como tudo aquilo que toca ao sentimento do sublime, misturadas com alguma tristeza.

Crítica da idéia de sanção*

A humanidade quase sempre considerou inseparáveis a lei moral e sua sanção: aos olhos da maior parte dos moralistas, o vício chama racionalmente, em sua seqüência, o sofrimento, e a virtude constitui uma espécie de direito à felicidade. Assim, a idéia de sanção apareceu até aqui como uma das noções primitivas e essenciais de qualquer moral. Segundo os estóicos e os kantianos, é verdade, a sanção não serve de modo algum para fundamentar a lei. Para Kant, entretanto, ela é seu complemento necessário: o pensamento de todo ser racional une *a priori* a infelicidade ao vício e a felicidade à virtude através de um juízo sintético. Aos olhos de Kant, tamanhas são a força e a legitimidade desse juízo que, se a sociedade humana se dissolvesse por vontade própria, ela deveria

* "Critique de l'idée de sanction", artigo publicado na *Revue Philosophique de la France et de l'Étranger* (tomo xv, 1883, pp. 243-81). (N. de T.)

primeiramente, antes da dispersão de seus membros, executar o último criminoso fechado em suas prisões: ela deveria liquidar essa espécie de dívida do castigo que recai sobre ela e recairá mais tarde sobre Deus. Mesmo alguns moralistas deterministas, que negam em suma o mérito e o demérito, parecem, no entanto, ver uma legítima necessidade intelectual nessa tendência da humanidade a considerar que qualquer ato é seguido de uma sanção. Enfim, os utilitaristas – como, por exemplo, Sidgwick* – parecem também admitir não sei que vínculo místico entre determinado gênero de conduta e determinado estado feliz ou infeliz da sensibilidade. Sidgwick crê até mesmo poder, em nome do utilitarismo, apelar para os castigos e as recompensas da outra vida: para ele, a lei moral, sem uma sanção definitiva, pareceria culminar em uma "contradição fundamental".

Como a idéia de sanção é um dos princípios da moral humana, ela se encontra assim no fundamento de qualquer religião – cristã, pagã ou budista. Não existe uma só religião que não admita uma providência, e a providência não é senão uma espécie de justiça distributiva que, após ter agido incompletamente neste mundo, desforra-se em um outro: essa justiça distributiva é aquilo que os moralistas entendem por sanção. Pode-se dizer que a religião consiste essencialmente na

* Henry Sidgwick (1838–1900), filósofo inglês que dedicou-se à Ética. Foi professor em Cambridge e autor de uma obra influente, *The methods of Ethics* (1874). (N. de T.)

crença de que existe uma sanção metafisicamente ligada a todo ato moral. Em outros termos, deve existir, na ordem profunda das coisas, uma proporcionalidade entre o estado bom ou mau da vontade e o estado bom ou mau da sensibilidade. Nesse ponto, portanto, parece que a religião e a moral coincidem, que suas exigências mútuas estão de acordo e, mais ainda, que a moral se completa pela religião. A idéia de justiça distributiva e de sanção, posta de hábito na linha de frente de nossas noções morais, evoca naturalmente, com efeito, sob uma forma ou outra, a idéia de uma justiça celeste.

Gostaríamos de esboçar aqui a crítica dessa importante idéia de sanção, para expurgá-la de qualquer espécie de aliança mística. É verdade que existe um vínculo natural ou racional entre a *moralidade* do querer e uma *recompensa* ou um *castigo* aplicado à *sensibilidade*? Em outros termos, o *mérito* intrínseco teria o direito de se ver associado a um gozo, e o *demérito*, a uma dor? Tal é o problema, que pode ainda ser apresentado sob a forma de exemplo, com a pergunta: – Existe alguma espécie de razão (fora das considerações sociais) para que o maior dos criminosos receba, por causa de seu crime, uma simples picada de alfinete e o homem virtuoso, um *prêmio* por sua virtude? O próprio agente moral, fora das questões de utilidade ou de higiene moral, teria, com relação a si mesmo, o dever de punir *por punir* ou de recompensar *por recompensar*? Queremos mostrar quanto é moralmente condenável a idéia de que a moral e a religião vulgar são feitas da sanção. Do ponto de vista social, a sanção verdadeiramente racional de uma lei só poderia ser uma *defesa* dessa lei, e essa defesa, inútil em relação a qualquer ato passado, nós a veremos concernir somente ao futuro. Do ponto de vista moral, *sanção* parece significar simplesmente, segundo sua própria etimologia, *consagração*, *santificação*. Ora, se para aqueles que admitem uma lei moral é verdadeiramente o caráter santo e *sagrado* da lei que lhe dá a força de lei, ele deve implicar, segundo a idéia que fazemos hoje da santidade e da divindade ideal, uma espécie de renúncia, de desprendimento supremo. Quanto mais sagrada é uma lei, mais ela deve estar desarmada, de tal modo que, no absoluto e fora das conveniências sociais, a verdadeira sanção parece dever ser a completa *impunidade* da coisa realizada. Assim, veremos que toda justiça propriamente *penal* é injusta. Mais do que isso, toda justiça *distributiva* tem um caráter exclusivamente social e não pode ser justificada senão do ponto de vista da sociedade: de maneira geral, aquilo que chamamos de *justiça* é uma noção totalmente humana e relativa. Só a *caridade* ou a *piedade* (sem a significação pessimista que lhe confere Schopenhauer) é uma idéia verdadeiramente universal, que nada pode limitar e que apresenta ao nosso espírito, com ou sem razão, um caráter absoluto.

I Sanção natural

Os moralistas clássicos costumam ver na sanção natural uma idéia da mesma ordem que a da expiação: a natureza começa, segundo eles, aquilo que a consciência humana e Deus devem continuar. Quem quer que viole as leis naturais acha-se, portanto, já punido de uma maneira que anuncia e prepara – se acreditarmos neles – a punição resultante das leis morais. Não há nada mais inexato, aos nossos olhos, que essa concepção. A natureza não pune ninguém e não tem ninguém para punir, pela simples razão de que não existe verdadeiro culpado contra ela: não se viola uma lei natural, ou então já não seria uma lei natural. A pretensa *violação* de uma lei da natureza nunca é mais do que uma *verificação*, uma demonstração visível desta. A natureza é um grande mecanismo sempre em movimento, que o querer do indivíduo não poderia, nem por um instante, entravar: ela tranqüilamente tritura aquele que cai em suas engrenagens. Ser ou não ser, ela não conhece outro castigo nem outra recompensa. Se pretendermos violar a lei da gravidade, pendurando-nos no alto da torre de Saint-Jacques, logo seremos reduzidos a uma verificação palpável dessa lei, estatelando-nos no chão. Se quisermos, como certo personagem de um romancista moderno, parar uma locomotiva que vem a toda a velocidade, enfrentando-a com uma lança de ferro, provaremos, à nossa própria custa, a inferioridade da força humana sobre a do vapor. Do mesmo modo, a indigestão de um glutão ou a embriaguez de um beberrão não têm, na natureza, nenhuma espécie de caráter moral e penal: elas permitem simplesmente ao paciente calcular a força de resistência que seu estômago ou seu cérebro podem oferecer à influência nociva de determinada massa de alimentos ou de certa quantidade de álcool. É ainda uma equação matemática que se apresenta, desta vez mais complicada, e que serve para verificar os teoremas gerais da higiene e da fisiologia. Essa força de resistência de um estômago ou de um cérebro variará muito, aliás, segundo os indivíduos: nosso beberrão aprenderá que não pode beber como Sócrates*, e nosso glutão saberá que não tem o estômago do imperador Maximino**. Observemos que as *conseqüências naturais* de um ato nunca estão ligadas à *intenção* que ditou esse ato: atire-se na água sem saber nadar e, quer tenha feito isso por abnegação ou por simples desespero, você se afogará com a mesma rapidez. Tenha um bom estômago e não tenha predisposição para a gota: você poderá quase impunemente comer em excesso; ao contrário, seja dispéptico e estará condenado a sofrer incessantemente o suplício da inanição relativa. Outro exemplo: você cedeu a um acesso de intemperança; você aguarda com inquietude a "sanção da natureza": algumas gotas de uma tintura medicinal irá evitá-la, modificando os termos da equação que se formula em seu organismo. A justiça das *coisas* é, portanto, ao mesmo tempo absolutamente inflexível do

* Segundo contam os que o conheceram, Sócrates tinha uma prodigiosa resistência ao efeito das bebidas alcoólicas. Cf., por exemplo, o *Banquete* de Platão. (N. de T.)

** Caius Julius Verus Maximinus Thrax (173-238), imperador romano (235-238) que foi assassinado pelos próprios soldados. (N. de T.)

ponto de vista matemático e absolutamente corruptível do ponto de vista moral. Melhor dizendo, as leis da natureza, como tais, são imorais ou, se preferirem, "a-morais", precisamente porque são necessárias. Quanto menos *santas* e *sagradas* forem, quanto menos *sanção* verdadeira tiverem, mais elas serão, de fato, invioláveis. O homem não vê nelas senão um entrave móvel, que trata de afastar. Todas as suas audácias contra a natureza não passam de experiências felizes ou infelizes, e o resultado dessas experiências tem um valor científico, de maneira alguma moral[1].

1. Tem-se tentado, no entanto, manter a sanção natural estabelecendo-se uma espécie de harmonia secreta, tornada visível através da estética, entre a marcha da natureza e a da vontade moral. A moralidade comunicaria necessariamente, àqueles que a possuem, uma superioridade na própria ordem da natureza. "A experiência", diz Renouvier, "constata uma tal dependência entre o bem moral e o bem físico, entre o belo ou o feio expressos materialmente e o belo ou o feio da ordem das paixões e das idéias – e se vê tão bem os órgãos se modificarem, se modelarem de acordo com suas funções habituais – que não é duvidoso que, prolongada a vida humana, *se ela pudesse sê-lo o suficiente* – e o abandono cada vez mais instintivo de alguns homens a todos os vícios, o domínio adquirido por alguns outros ou suas faculdades voltadas para o bem –, ela nos mostraria, com o correr do tempo, monstros de um lado e homens verdadeiros de outro" (Renouvier, *Science de la morale* [Ciência da moral], I, p. 289). Observemos primeiramente que essa lei da harmonia entre a natureza e a moralidade, que Renouvier se esforça para estabelecer, é válida muito mais para a espécie do que para a vida individual mesmo prolongada: é necessária uma seqüência de gerações e de modificações específicas para que uma qualidade moral se expresse por uma qualidade física, e um defeito, por uma feiúra. Além disso, Renouvier parece confundir inteiramente a *imoralidade* com aquilo que pode ser chamado de *bestialidade*, ou seja, o abandono absoluto aos instintos grosseiros, a ausência de qualquer idéia elevada, de qualquer raciocínio sutil. A imoralidade não é necessariamente assim; ela pode coincidir com o refinamento do espírito, pode não rebaixar a inteligência. Ora, aquilo que se exprime

II Sanção moral e justiça distributiva

Já Bentham, Mill, Maudsley*, Fouillée e Lombroso atacaram a idéia de castigo moral; eles quiseram retirar do castigo todo caráter expiatório e fizeram dele um simples meio social de repressão e de reparação. Mas, para chegar a isso, eles geralmente se apoiaram nas doutrinas deterministas, ainda hoje discutidas. Assim, Janet, em nome do espiritualismo clássico, julgou que deveria manter, apesar de tudo, em sua última obra, o princípio da expiação reparadora dos crimes cometidos livremente. Diz ele:

> O castigo não deve ser somente uma *ameaça* que assegure a execução da lei, mas uma *reparação* ou uma *expiação*

nos órgãos do corpo é antes o rebaixamento da inteligência que o desvio da vontade. Não se representa uma Cleópatra e um Don Juan como se devessem deixar necessariamente de oferecer o tipo da beleza física, mesmo se suas existências fossem prolongadas. Os instintos de cólera, de violência e de vingança que encontramos nos italianos do sul em nada alteraram a rara beleza de sua raça. Aliás, muitos tipos de conduta que nos parecem vícios, no estado social avançado em que nos encontramos, são virtudes no estado de natureza; não pode originar-se daí, portanto, nenhuma feiúra verdadeiramente chocante, nenhuma alteração marcante do tipo humano. Ao contrário, as qualidades e, às vezes, as virtudes da civilização, se forem levadas ao extremo, produzirão facilmente monstruosidades físicas. Vê-se sobre que frágil base se apóia Renouvier quando tenta induzir a sanção moral e religiosa da sanção natural. "É permitido ver na remuneração futura um prolongamento natural da série dos fenômenos que, desde agora, põem as condições fundamentais *e mesmo as condições físicas da felicidade* na dependência da moralidade" (*Science de la morale*, p. 290).

* Henri Maudsley (1835–1918), um dos mais importantes psiquiatras britânicos da segunda metade do século XIX. Autor de obras como *Body and mind*, *The physiology of mind*, *The pathology of mind* e *Body and will*. (N. de T.)

que corrija sua violação. A *ordem* perturbada por uma vontade rebelde é *restabelecida* pelo sofrimento, que é a conseqüência da falta cometida.[2]

"É sobretudo à lei moral", diz por sua vez Marion[3], "que uma sanção é necessária... Ela só é uma lei *severa* e *santa* com a condição de que o *castigo* esteja ligado a sua violação, e a *felicidade*, à preocupação que se tem em observá-la." Acreditamos que essa doutrina da remuneração sensível, so-

2. Janet, *Traité de philosophie* [Tratado de filosofia], p. 707. "A primeira *lei da ordem*", havia dito Victor Cousin, "é ser fiel à virtude. Se falhamos, a segunda lei da ordem é expiar nossa culpa pela punição [...]. Na inteligência, a idéia de injustiça corresponde à de pena." Franck* e Renouvier, dois dos filósofos que mais protestaram na França contra a doutrina segundo a qual as leis sociais seriam *expiatórias* e não simplesmente *defensivas*, parecem entretanto admitir como evidente o princípio de uma remuneração vinculada à lei moral. "Não se trata de saber", diz Franck, "se o mal *merece* ser *punido*, porque essa proposição é *evidente* por si mesma" (*Philosophie du droit pénal* [Filosofia do direito penal], p. 79). "Seria ir contra a natureza das coisas", diz também Renouvier, "exigir da *virtude* que ela não *espere* nenhuma *remuneração*" (*Science de la morale*, p. 286). Caro** vai mais longe e, em dois capítulos dos *Problèmes de morale sociale* [Problemas de moral social], esforça-se, apoiando-se em de Broglie***, para manter ao mesmo tempo o direito moral e o direito social de *punir* os culpados.

* Adolphe Franck (1809–1893), filósofo francês. Sua obra mais conhecida é o *Dictionnaire des sciences philosophiques*. (N. de T.)

** Elme Caro (1826–1887), filósofo francês de tendência espiritualista. Foi membro da Academia Francesa e autor de diversas obras (entre as quais destacam-se *L'idée de Dieu et ses nouveaux critiques* e *Le matérialisme et la science*). (N. de T.)

*** Abade de Broglie (Auguste-Théodore-Paul de Broglie) (1834–1895), Professor de apologética no Instituto Católico de Paris e autor de diversos escritos sobre religião (em especial, sua *L'histoire des religions*). (N. de T.)

3. *Leçons de morale* [Lições de moral], p. 157.

bretudo da expiação, é insustentável de qualquer ponto de vista em que nos coloquemos, e mesmo supondo que a lei moral se dirija imperativamente a seres dotados de liberdade. É uma doutrina materialista despropositadamente oposta ao pretenso materialismo de seus adversários.

Busquemos, fora de qualquer preconceito, de qualquer idéia preconcebida, que razão *moral* haveria para que um ser *moralmente* mau recebesse um sofrimento *sensível* e um ser bom, um excesso de gozos. Veremos que não existe razão e que, em vez de nos acharmos na presença de uma proposição "evidente" *a priori*, estamos diante de uma indução grosseiramente empírica e física, extraída dos princípios de *talião* ou do óbvio *interesse*. Essa indução se disfarça sob três noções pretensamente racionais: 1ª) a de *mérito*; 2ª) a de *ordem*; 3ª) a de *justiça distributiva*.

I. Na teoria clássica do mérito, "Eu não mereço", que exprimia de início simplesmente o valor intrínseco do querer, adquire o sentido de "Eu mereço um castigo" e exprime doravante uma relação de dentro para fora. Essa passagem brusca do moral para o sensível, das partes profundas de nosso ser para as partes superficiais, parece-nos injustificável. Ela o é mais ainda na hipótese do livre-arbítrio do que nas outras. De acordo com essa hipótese, com efeito, as diversas faculdades do homem não são verdadeiramente ligadas e determinadas umas pelas outras: a vontade não é o puro produto da inteligência, saída ela própria da sensibilidade; a sensibilidade não é mais, portanto, o verdadeiro centro do ser, e torna-se difícil compreender como ela pode responder pela vontade. Se esta quis livremente o mal, não é culpa da sensibilidade, que só desempenhou o papel de móvel e não de causa. Acrescente o mal sensível do castigo ao mal moral do crime, sob pretexto de expiação, e você terá duplicado a soma de males sem nada reparar: você se assemelhará a um médico de Molière que, chamado para tratar de um braço doente, cortasse o outro braço do paciente. Sem as razões de defesa social, o castigo seria tão censurável quanto o crime, e a prisão não valeria mais do que aqueles que lá habitam. Digamos mais: os legisladores e os juízes, atingindo de caso pensado os culpados, tornar-se-iam seus iguais. É impossível ver na sanção expiatória algo que se assemelhe a uma conseqüência racional do crime. Ela é, abstraindo-se sua utilidade, uma simples seqüência mecânica ou, melhor dizendo, uma repetição material, uma cópia cujo modelo é o crime.

II. Invocar-se-á, como Victor Cousin e Janet, esse estranho princípio da *ordem*, que uma "vontade rebelde" perturba e que só o sofrimento pode restabelecer? Esquece-se de distinguir, aqui, entre a questão social e a questão moral. A ordem *social* foi, com efeito, a origem histórica do castigo, e a *pena* era, no início – como mostrou Littré –, apenas uma compensação, uma indenização material exigida pela vítima ou por seus parentes. Quando, porém, nos colocamos fora do ponto de vista social, a pena pode compensar alguma coisa? Seria muito cômodo que um crime pudesse ser fisicamente reparado pelo castigo e que se pudesse pagar o preço de uma má ação com certa dose de sofrimento físico, como se compravam as indulgências da Igreja com metal sonante. Não! O que está feito, está feito; o mal moral permanece, apesar de todo mal físico que se pode acrescentar a ele. Tanto quanto seria racional perseguir, como os deterministas, a cura do culpado, é irracional buscar a *punição* ou a *compensação* do crime. Essa idéia é o resultado de uma espécie de matemática infantil. "Olho por olho, dente por dente."[4] Na hipóte-

4. Renouvier, depois de haver ele próprio criticado vivamente a idéia vulgar da punição, fez, no entanto, grandes esforços para salvar o princípio do talião, interpretando-o em um sentido melhor. "Tomado em si mesmo e como expressão de um sentimento da alma na presença do crime, o talião estaria longe de merecer o desprezo ou a indignação com que o cumulam os publicistas, cujas teorias penais são quase sempre muito mal fundamentadas em justiça estrita" (*Science de la morale*, II, p. 296). Segundo Renouvier, não seria ruim que o culpado sofresse o efeito de sua máxima erigida em regra geral. O que é irrealizável é a equivalência matemática que o talião pressupõe entre a pena e a injúria. Mas, responderemos, se essa equivalência fosse realizável, o talião nem por isso seria mais justo, pois – diga o que disser Renouvier – não podemos erigir em lei geral a máxima e a intenção imoral daquele que provocou o talião. Tampouco podemos erigir em lei geral a máxima da vingança, que *devolve* os golpes recebidos. Só poderíamos generalizar o mal físico e o efeito doloroso, mas a generalização de um mal é ela mesma moralmente um mal; só restam, portanto, as razões pessoais ou sociais de defesa, de precaução e de utilidade. Segundo Renouvier, o talião, uma vez purificado, pode ser expresso na seguinte fórmula, que ele declara aceitável: "Quem quer que tenha violado a liberdade de outrem *merece* sofrer na sua". Mas essa fórmula, segundo pensamos, não é admissível do ponto de vista da

se do livre-arbítrio, um dos pratos da balança está no mundo moral e o outro no mundo sensível, um no céu e o outro na terra: no primeiro está uma vontade livre; no segundo, uma sensibilidade inteiramente determinada. Como estabelecer o equilíbrio entre elas? O livre-arbítrio, se existe, é completamente inapreensível para nós; é um absoluto, e não se tem poder sobre o absoluto: suas resoluções são, portanto, em si mesmas *irreparáveis*, *inexpiáveis*; foram comparadas a relâmpagos e, com efeito, elas ofuscam e desaparecem. A ação boa ou condenável desce misteriosamente da vontade para o domínio dos sentidos, mas em seguida é impossível subir desse domínio para o do livre-arbítrio, para lá apreendê-la e puni-la. O raio desce e não torna a subir. Não existe, entre o "livre-arbítrio" e os objetos do mundo sensível, outro vínculo racional além do próprio querer do agente. É necessário, portanto, para que o castigo seja possível, que o próprio livre-arbítrio o queira, e ele só pode querê-lo se já tiver melhorado bastante profundamente para ter, em parte, deixado de merecê-lo: tal é a antinomia à qual conduz a doutrina da expiação

generalização kantiana das intenções. Não se deve fazer o culpado sofrer nem restringir sua liberdade porque ele violou no passado a liberdade de outrem, mas porque ele é *capaz* de violá-la novamente. Não se pode dizer, portanto, que nenhum ato passado *mereça* uma pena, e que a pena nunca se justifica senão pela previsão de atos semelhantes no futuro. Ela não se vincula a *realidades*, mas a simples *possibilidades*, que ela se esforça para modificar. Se o culpado se exilasse *por livre e espontânea vontade* em uma ilha deserta, de onde o retorno lhe fosse impossível, a sociedade humana (e, em geral, qualquer sociedade de seres morais) se acharia desarmada contra ele; nenhuma lei moral poderia exigir que, tendo violado a liberdade dos outros, ele *sofresse* na sua.

quando ela pretende não simplesmente corrigir, mas punir. Enquanto um criminoso permanecer verdadeiramente como tal, ele se colocará, por isso mesmo, acima de qualquer sanção moral. Seria necessário convertê-lo antes de atingi-lo e, se ele se converteu, por que atingi-lo? Culpada ou não, a vontade dotada de livre-arbítrio ultrapassa a tal ponto o mundo sensível que a única conduta a adotar diante dela é inclinar-se. É um César irresponsável, que bem pode ser condenado à revelia e executado em efígie* para satisfazer a paixão popular, mas que de fato escapa a qualquer ação exterior. Durante o Terror Branco**, queimavam-se águias vivas na falta daquilo que elas simbolizavam; os juízes humanos, na hipótese de uma expiação infligida ao livre-arbítrio, não fazem outra coisa. Sua crueldade é igualmente vã e igualmente irracional; enquanto o corpo inocente do acusado se debate entre as mãos, sua vontade, que é a verdadeira águia, a águia soberana que voa livre, paira inacessível acima deles.

III. Se buscamos aprofundar esse princípio ingênuo ou cruel da *ordem* posto à frente pelos espiritualistas – e que lembra um pouco demais a ordem reinante em Varsóvia –, ele se transforma no princípio de uma pretensa justiça *distributiva*. "A cada um segundo suas obras", tal é o ideal social da esco-

* Antigamente, quando era impossível executar em público um criminoso importante, costumava-se substitui-lo por um retrato. (N. de T.)

** Nome dado a uma série de atos de violência cometidos, no sul da França, pelos partidários da monarquia durante os primeiros anos da Restauração (a partir de 1814). (N. de T.)

la sansimonista*; tal é também o ideal moral, segundo Janet[5]. A sanção não é mais, então, que um simples caso da proporção geral estabelecida entre qualquer trabalho e sua remuneração: 1º) aquele que faz muito deve receber muito; 2º) aquele que faz pouco deve receber pouco; 3º) aquele que faz o mal deve receber o mal. Observemos, em primeiro lugar, que este último princípio não pode ser em nada deduzido dos precedentes: se um benefício mínimo parece dever chamar um reconhecimento mínimo, não se segue daí que uma ofensa deva chamar a vingança em sua seqüência. Além disso, os outros dois princípios parecem-nos, eles mesmos, contestáveis – pelo menos como fórmulas do ideal moral.

Aqui ainda, confundem-se os dois pontos de vista moral e social. O princípio "a cada um segundo suas *obras*" é um simples princípio econômico. Ele resume muito bem o ideal da justiça comutativa e dos contratos sociais, e de modo algum o de uma justiça absoluta que daria a cada um segundo sua *intenção* moral. Quer dizer simplesmente o seguinte: é preciso, independentemente das intenções, que os objetos trocados na sociedade sejam do mesmo valor, e que um indivíduo que dê um produto de valor considerável não receba em troca um salário insignificante. Eis a

* Referente a Claude de Saint-Simon (1760–1825), filósofo e economista francês que elaborou uma doutrina que influenciou ao mesmo tempo o positivismo e o socialismo. (N. de T.)

5. *La morale* [A moral], p. 577.

regra das trocas, a regra de qualquer labor *interessado*, não a regra do esforço *desinteressado*, que exige, por hipótese, a virtude. Existe e deve existir nas relações sociais certa tarifa das ações, não das intenções. Nós todos velamos para que essa tarifa seja respeitada, para que um comerciante que vende uma mercadoria falsificada ou um cidadão que não cumpre seu dever cívico não recebam em troca a quantidade normal de dinheiro ou de reputação. Nada melhor; mas como tarifar a virtude verdadeiramente moral? Quando não se consideram mais os contratos econômicos e as trocas materiais, mas a vontade em si mesma, essa lei perde todo seu valor. A justiça distributiva, naquilo que tem de plausível, é, pois, uma regra puramente social, puramente utilitária, que não tem mais sentido fora da sociedade ideal ou real. A sociedade repousa inteiramente sobre o princípio de reciprocidade, ou seja, se nela se produz o bom e o útil, espera-se o bem em troca, e, se se produz o nocivo, espera-se o nocivo. Dessa reciprocidade totalmente *mecânica* – e que se encontra tanto no corpo social quanto nos outros organismos – resulta uma proporcionalidade grosseira entre o bem sensível de um indivíduo e o bem sensível dos outros, uma solidariedade mútua, que toma a forma de uma espécie de justiça distributiva. Uma vez mais, porém, trata-se de um *equilíbrio* natural antes de uma *eqüidade* moral de distribuição. O bem não recompensado – não avaliado, por assim dizer, em seu verdadeiro valor – e o mal não punido chocam-nos simplesmente como uma coisa anti-social, como uma monstruosidade econômica e política, como uma *relação* nociva entre os seres. Mas, de um ponto de vista *moral*, não é mais assim. No fundo, o princípio "a cada um segundo suas obras" é uma excelente fórmula social de encorajamento para o trabalhador ou agente moral. Ele impõe como ideal uma espécie de "trabalho por empreitada", que é sempre muito mais produtivo que o "trabalho por dia" e, sobretudo, que o trabalho "por intenção". Essa é uma regra eminentemente prática, não uma sanção. Com efeito, o caráter essencial de uma verdadeira sanção moral seria o de jamais constituir um fim, uma finalidade. A criança que recita corretamente sua lição com a simples finalidade de receber em seguida um doce não o merece, da perspectiva moral, precisamente porque o tinha tomado como fim. A sanção deve, portanto, encontrar-se inteiramente fora das regiões da *finalidade* e, com mais forte razão, da *utilidade*. Se ela tivesse, como tal, de uma maneira ou de outra, como fim ou como meio, uma influência *prática* e *utilitária* sobre a vontade, ela contradiria a si própria. Sua pretensão é atingir a vontade não na medida em que ela age de acordo com uma *finalidade*, mas somente na medida em que ela é uma *causa*. Nenhum artifício pode, portanto, transformar o princípio prático da justiça social "Espere receber dos homens na proporção daquilo que lhes der" no princípio metafísico "Se a *causa* misteriosa que age em você for boa em si mesma e por si mesma, produziremos um efeito agradável sobre sua sensibilidade; se ela for má, faremos sua sensibilidade sofrer". A primeira fórmula – proporcionalidade das trocas – era racional, porque constituía um móvel prático para a vontade e concernia ao *futuro*; a segunda, que não contém nenhum motivo de ação e que, por um efeito retroativo, concerne ao *passado*, em vez de modificar o futuro, é praticamente estéril e moralmente vazia. A noção de justiça distributiva só tem valor, portanto, à medida que exprime um ideal totalmente social, cuja realização as leis econômicas tendem a produzir por si mesmas. Ela se torna imoral se, conferindo-lhe um caráter absoluto ou metafísico, se quer fazer dela o princípio de um castigo ou de uma recompensa.

Não há nada mais racional do que a virtude ter a seu favor o juízo moral de todos os seres e o crime o ter contra ele. Mas esse juízo não pode sair dos limites do mundo moral para se transformar na mais ínfima ação coercitiva e aflitiva. Jamais a afirmação "Você é bom, você é mau" poderá transformar-se em "É preciso fazer você gozar ou sofrer". O culpado não poderia ter o privilégio de forçar o homem de bem a lhe fazer mal. Tanto o vício quanto a virtude, portanto, somente são responsáveis diante de si próprios e, no máximo, diante da *consciência* de outrem. No fim das contas, o vício e a virtude não passam de formas que a vontade se dá, e acima dessas formas subsiste sempre a própria vontade, cuja natureza parece ser aspirar à felicidade. Essa promessa eterna deve ser cumprida para todos. As bestas-feras humanas devem ser tratadas, de forma absoluta, com indulgência e piedade, como todos os outros seres; pouco importa que se considere sua ferocidade uma fatalidade ou um ato espontâneo, elas têm sempre de ser lamentadas moralmente. Por que se desejaria que também o fossem fisicamente? Mostraram a uma menininha uma grande imagem colorida que representava os mártires. Na arena, leões e tigres fartavam-se com o sangue cristão; afastado, um outro tigre ficara na jaula trancada e observava com um ar triste. "Você não tem pena", perguntaram à criança, "desses infelizes mártires?" "E esse pobre tigre", respondeu ela, "que não tem cristãos para comer?" Um sábio desprovido de qualquer preconceito teria certamente piedade dos mártires, mas isso não o impediria de ter também piedade do tigre faminto. É conhecida a lenda hindu segundo a qual Buda ofereceu o próprio corpo como alimento a uma besta-fera que morria de fome. Eis aí a piedade suprema, a única que não contém nenhuma injustiça oculta. Uma tal conduta, absurda do ponto de vista prático e social, é a única legítima do ponto de vista da pura moralidade. A justiça estreita e totalmente humana, que recusa o bem a quem já é bastante infeliz por ser culpado, deve ser substituída por outra mais ampla, que ofereça o bem a todos, não somente ignorando com que mão ela o dá, mas não querendo saber que mão o recebe.

Essa espécie de direito à felicidade que se reserva apenas ao homem de bem – e ao qual corresponderia, em todos os seres inferiores, uma espécie de direito à infelicidade – é um vestígio dos antigos preconceitos *aristocráticos* (no sentido etimológico da palavra). A razão pode estabelecer certa ligação entre a sensibilidade e a felicidade, porque todo ser sensível deseja o prazer e odeia a dor por sua própria natureza e definição. A razão pode também estabelecer ou supor uma ligação entre *qualquer* vontade e a felicidade, porque todo ser suscetível de vontade aspira espontaneamente a sentir-se feliz. As diferenças entre as vontades só se introduzem quando se trata de escolher os caminhos e os meios para chegar à felicidade. Alguns homens acreditam que sua felicidade é incompatível com a dos outros, outros buscam sua felicidade na dos outros: eis o que distingue os bons dos maus. A essa divergência na direção desta ou daquela vontade corresponderia, segundo a moral ortodoxa, uma diferença essencial em sua própria natureza, na causa profunda e independente que ela manifesta exteriormente. Pois que seja; mas essa diferença não pode suprimir a relação permanente entre a vontade e a felicidade. Enquanto os seres espontaneamente maus perseverarem em querer a felicidade, não vejo que razão é possível invocar para tirá-la deles, a não ser razões de utilidade para eles ou para a sociedade da qual eles fazem parte. Há, dirão vocês, a razão, por si só suficiente, de que são maus. Será, portanto, apenas para torná-los melhores que vocês recorrerão ao sofrimento? Não! Essa não é, para vocês, senão uma finalidade secundária, que poderia ser atingida por outros meios. Sua finalidade principal é produzir neles a *expiação*, ou seja, a infelicidade sem *utilidade* e sem objetivo. Como se para eles não bastasse serem maus! Nossos moralistas, quanto a isso, ainda estão na distribuição arbitrária que o Evangelho parece admitir: "Aos que já têm será dado ainda mais, e dos que nada têm será tomado mesmo o pouco que possuem". A idéia cristã da *graça* seria aceitável, no entanto, com uma condição: ser universalizada, estendida a todos os homens e a todos os seres. Far-se-ia, por isso mesmo, em vez de uma *graça*, uma espécie de *dívida* divina. Mas o que choca profundamente, em qualquer moral tomada de empréstimo – de perto ou de longe – ao cristianismo, é a idéia de uma *eleição*, de uma escolha, de um favor, de uma *distribuição* da graça. Um Deus não tem de escolher entre os seres para ver aqueles que ele quer afinal tornar felizes; mesmo um legislador humano, se pretendesse conferir um valor absoluto e verdadeiramente divino às suas leis, seria forçado também a renunciar a tudo aquilo que lembrasse uma "eleição", uma "preferência", uma pretensa distribuição e sanção. Todo dom *parcial* também toma necessariamente *partido*, e tanto na terra quanto no céu não deveria haver *favorecimento*. Os culpados conservam mesmo hoje, diante de nossas leis, certo número de direitos. E conservam todos esses direitos de forma absoluta. Do mesmo modo que um homem não pode vender a si mesmo como escravo, ele não pode tirar de si próprio essa espécie de direito natural que todo ser sensível tem, naturalmente, à felicidade final.

III Sanção social

Nossa sociedade atual não pode, sem dúvida, realizar esse longínquo ideal da bondade absoluta, e, menos ainda, tomar como tipo de conduta o ideal oposto da moral ortodoxa, a saber, a distribuição da felicidade e da infelicidade segundo o mérito e o demérito. Como vimos, não há razão puramente *moral* para supor qualquer distribuição de castigos para o vício e de prêmios para a virtude. Com muito mais razão, é preciso reconhecer que não existe, em direito puro, *sanção* social, e que os fatos designados por esse nome são simples fenômenos de *defesa* social[6].

Agora, do ponto de vista puramente teórico, no qual nos colocamos até aqui, é preciso descer para a esfera mais conturbada dos sentimentos e das associações de idéias, onde nossos adversários poderiam retomar a vantagem. A maioria da espécie humana não compartilha de forma alguma das idéias de Buda e de todo verdadeiro filósofo sobre a justiça absoluta como sendo idêntica à caridade universal: ela tem fortes prevenções contra o tigre da lenda e preferên-

6. Sem dúvida, Janet nos fará a velha objeção: "Se as punições não fossem, da parte da sociedade, senão meios de defesa, elas seriam *golpes*, não *punições*" (*Cours de philosophie* [Curso de filosofia], p. 304). Ao contrário, quando não se acham justificadas pela defesa é que as punições são, precisamente, verdadeiros golpes, sob qualquer eufemismo que se use para designá-las; fora das razões de *defesa* social, não se transformará jamais em um ato moral o ato de administrar, por exemplo, cem bastonadas na sola dos pés de um ladrão para *puni-lo*.

cias naturais com relação às ovelhas. Não lhe parece satisfatório que o crime fique impune, e a virtude, totalmente gratuita. O homem é como essas crianças que não gostam das histórias em que os bons meninos são comidos pelos lobos e que gostariam, ao contrário, de ver os lobos serem comidos. Mesmo no teatro, geralmente se exige que a virtude seja recompensada, e o vício, punido, e, se não o são, o espectador volta para casa descontente, com a sensação de uma expectativa frustrada. Por que esse sentimento tenaz, essa necessidade persistente de uma sanção no ser sociável, essa impossibilidade psicológica de suportar a idéia do mal impune?

Em primeiro lugar, porque o homem é um ser essencialmente prático e ativo, que tende a tirar de tudo o que vê uma regra de ação, e para quem a vida alheia é uma perpétua moral em forma de exemplos. Com o maravilhoso instinto social que o homem possui, ele logo sente que um crime impune é um elemento de destruição social, ele tem o pressentimento de um perigo: tal como um cidadão que, fechado em uma cidade sitiada, descobre uma brecha aberta.

Em segundo lugar, o mau exemplo é como uma espécie de exortação pessoal ao mal murmurada em seu ouvido e contra a qual seus instintos mais elevados se revoltam. Tudo isso resulta no fato de que o bom senso popular faz sempre a sanção entrar na própria *fórmula* da lei e encare a recompensa ou o castigo como *motores*. Ανθρωπος ζῷον πολιτικόν*. A lei humana tem a dupla característica de ser *utilitária* e *necessária*: o que é exatamente o oposto de uma lei *moral*, que comanda sem *móvel* uma *vontade livre*.

Existe uma terceira razão ainda mais profunda para a indignação contra a impunidade: a inteligência humana tem dificuldade para se conformar com a idéia do mal moral; revolta-se com isso em um grau bem mais elevado do que o seria por uma falta de simetria material ou de exatidão matemática. Dominada inteiramente pela idéia de *progresso*, ela não pode suportar que um ser fique retido por muito tempo em sua marcha para a frente.

Enfim, há também que fazer valer as considerações estéticas. Um ser imoral contém uma *feiúra* bem mais repulsiva que a feiúra física e sobre a qual a vista não gosta de se deter. Quer-se, portanto, corrigi-la ou afastá-la, melhorá-la ou suprimi-la. Lembremo-nos da posição precária dos leprosos e dos impuros na sociedade antiga: eles eram tratados como hoje tratamos os culpados. Se os romancistas ou os autores dramáticos não deixam, em geral, o crime muito abertamente impune, observemos também que eles não têm o costume de representar seus personagens principais – sobretudo suas heroínas – como francamente feios (com bócio, corcundas, zarolhos etc.); se às vezes o fazem, co-

* "O homem é um animal político." Palavras de Aristóteles na *Política* (1253 a). (N. de T.)

mo Victor Hugo com seu Quasímodo, sua finalidade então é nos fazer esquecer essa deformidade durante todo o resto da obra ou servir-se dela como antítese; na maioria das vezes, o romance termina com uma transformação do herói ou da heroína (como em *Petite Fadette** ou *Jane Eyre***). Portanto, a feiúra produz, em menor grau, o mesmo efeito que a imoralidade, e sentimos a necessidade de corrigir tanto uma quanto outra. Mas como corrigir de fora a imoralidade? A idéia da *pena* infligida como reagente apresenta-se logo ao espírito; o castigo é um desses velhos remédios populares, como o óleo fervente no qual eram mergulhados, antes de Ambroise Paré***, os membros dos feridos. No fundo, o desejo de ver castigado o culpado "parte de uma bondade natural". Pode ser explicado, sobretudo, pela impossibilidade em que se vê o homem de permanecer inativo ou indiferente diante de um mal qualquer; ele quer tentar alguma coisa, tocar na ferida seja para fechá-la, seja

* Obra de George Sand (pseudônimo literário da escritora francesa Aurore Dupin) escrita em 1848. No romance, a pequena Françoise – uma adolescente sem qualquer encanto e com fama de feiticeira (eis a razão do apelido) – torna-se bela e sedutora ao envolver-se com o jovem Landry, que apaixona-se por ela após uma repulsa inicial. No fim da história, ela enriquece ao receber uma herança e casa-se com seu amado. (N. de T.)

** Célebre romance da escritora britânica Charlotte Brontë (1816–1855). Jane Eyre é uma pobre órfã que se torna preceptora da filha de um aristocrata. Ele se apaixona por Jane, mas ela foge quando descobre que ele é casado com uma mulher desvairada. No final, Jane herda uma fortuna e casa-se com o aristocrata, que ficou viúvo e cego após um incêndio em sua mansão. (N. de T.)

*** Médico e cirurgião francês (1509–1590). (N. de T.)

para lhe aplicar um revulsivo*, e sua inteligência é seduzida por essa aparente simetria que nos oferece a proporcionalidade entre o mal moral e o mal físico. Ele não sabe que existem coisas nas quais é melhor não tocar. Os primeiros que fizeram escavações na Itália e encontraram a Vênus com um braço ou uma perna de menos sentiram essa mesma indignação que nós ainda hoje sentimos diante de uma vontade mal equilibrada: eles quiseram reparar o mal, repor o braço ausente por um tirado de outro lugar, consertar uma perna; hoje em dia, mais resignados e mais tímidos, nós deixamos as obras-primas tais como estão, soberbamente mutiladas; assim, nossa própria admiração pelas mais belas obras não está isenta de algum sofrimento, mas achamos melhor sofrer que profanar. Esse sofrimento diante de um mal, essa sensação do irreparável, é antes diante do mal moral que devemos senti-los. Só a vontade interior pode eficazmente corrigir a si mesma, assim como só os longínquos criadores das Vênus de mármore poderiam lhes devolver os membros polidos e brancos que foram partidos; quanto a nós, estamos reduzidos à coisa mais difícil para o homem: a espera do futuro. O progresso definitivo nunca pode vir senão de dentro dos seres. Os únicos meios que poderíamos empregar são totalmente indiretos (a educação, por exemplo).

* Procedimento médico que consiste em provocar um afluxo sangüíneo para determinada parte do corpo (com a utilização, por exemplo, de ventosas), a fim de diminuir ou eliminar uma inflamação em uma área próxima. (N. de T.)

Quanto à vontade em si, ela deve precisamente ser sagrada para aqueles que a consideram livre ou, ao menos, espontânea: eles não podem, sem contradição e sem injustiça, intentar pôr as mãos sobre ela.

Assim, o sentimento que nos leva a desejar uma sanção é em parte excelente e em parte imoral. Como muitos outros sentimentos, ele tem um princípio muito legítimo e aplicações ruins. Entre o instinto humano e a teoria científica da moral existe, portanto, certa oposição. Mostraremos que essa oposição é provisória e que o instinto terminará por estar em conformidade com a verdade científica. Para isso, tentaremos, com mais profundidade do que já fizemos, analisar a necessidade psicológica de uma sanção no ser em sociedade; esboçaremos sua gênese e veremos como, produzida inicialmente por um instinto natural e legítimo, ela tende a restringir-se, a limitar-se cada vez mais com a marcha da evolução humana.

Se existe uma lei geral da vida, ela é a seguinte: todo animal (poderíamos estender a lei até mesmo aos vegetais) responde a um ataque com uma defesa que é, ela própria, na maioria das vezes, um revide, uma espécie de contragolpe. Trata-se de um instinto primitivo, que tem sua origem no movimento reflexo, na *irritabilidade* dos tecidos vivos, e sem o qual a vida seria impossível: mesmo que privados de seu cérebro, os animais não procuram ainda morder quem os agarra? Os seres nos quais esse instinto era mais desenvolvido e mais seguro sobreviveram com mais facilidade, tal como as roseiras munidas de espinhos. Entre os animais superiores, tais como o homem, esse instinto se diversifica, mas existe sempre. Em nós há sempre uma mola encolhida, pronta a se soltar contra quem a tocar, semelhante a essas plantas que lançam setas. É, na origem, um fenômeno mecânico, inconsciente; mas esse instinto, tornando-se consciente, não enfraquece, como tantos outros[7]. Ele é, com efeito, necessário à vida do indivíduo. Para viver em qualquer sociedade primitiva, é preciso poder morder quem nos mordeu, ferir quem nos feriu. Ainda hoje, quando uma criança, mesmo brincando, recebe um golpe que não pode revidar, ela fica descontente, tem a sensação de uma inferioridade. Quando, ao contrário, ela revida o golpe, acentuando-o mesmo com mais vigor, ela fica satisfeita, não se sente mais inferior, em desigualdade na luta pela vida.

O mesmo sentimento existe entre os animais: quando brincamos com um cão, é preciso deixar que ele agarre nossa mão de tempos em tempos, se não quisermos deixá-lo furioso. Nos jogos do homem adulto, encontra-se a mesma necessidade de certo equilíbrio entre as chances: os jogadores sempre desejam estar, segundo a expressão popular, pelo menos "pau a pau". Sem dúvida, com o homem, novos sentimentos inter-

7. Ver, sobre esse ponto, nosso livro *La morale anglaise contemporaine* [Moral inglesa contemporânea], p. 315.

vêm e se somam ao instinto primitivo: é o amor-próprio, a vaidade, a preocupação com a opinião alheia; não importa, pode-se distinguir acima de tudo isso alguma coisa mais profunda: o sentimento das necessidades da vida.

Nas sociedades selvagens, um ser que não é capaz de revidar, sobretudo o mal que lhe fizeram, é um ser mal dotado para a existência, destinado a desaparecer mais cedo ou mais tarde. A própria vida, em sua essência, é uma *desforra*, uma desforra permanente contra os obstáculos que a entravam. Assim, a desforra é fisiologicamente necessária para todos os seres vivos, estando de tal modo enraizada neles que seu instinto brutal subsiste até o momento da morte. É conhecida a história daquele suíço mortalmente ferido que, vendo passar perto dele um comandante austríaco, encontrou forças para agarrar um bloco de pedra e quebrar-lhe a cabeça, aniquilando a si próprio com esse último esforço. Poderíamos citar muitos outros exemplos desse gênero, em que a desforra não é mais justificada pela defesa pessoal e prolonga-se, por assim dizer, até além da vida, por uma dessas contradições numerosas e, por vezes, fecundas, que produzem no ser social ora maus sentimentos, como a avareza, ora sentimentos úteis, como o amor pela glória.

Devemos observar que a noção moral de justiça ou de mérito ainda é estranha a todo esse mecanismo. Se um animal sem cérebro morde quem o fere, a idéia de sanção nada tem a ver com isso. Se você perguntar a uma criança ou a um homem do povo por que ele bateu em alguém, ele pensará estar plenamente justificado se puder afirmar que ele próprio foi agredido em primeiro lugar. Não lhe pergunte mais nada: no fundo, para quem olha apenas as leis gerais da vida, essa é uma razão mais do que suficiente.

Estamos, aqui, na própria origem e como que no ponto de emergência física dessa pretensa necessidade moral da sanção, que até agora não nos oferece nada de moral, mas que logo mudará. Suponhamos que um homem, em vez de ser ele próprio o objeto de um ataque, seja um simples espectador, e que ele veja o agressor ser violentamente rechaçado. Ele não poderá deixar de aplaudir, porque se colocará em pensamento no lugar daquele que se defende e, como mostrou a escola inglesa, simpatizará com ele. Cada golpe desferido no agressor lhe parecerá, assim, uma justa compensação, uma desforra legítima, uma sanção[8]. Stuart Mill tem razão, portanto,

8. Por que ele se colocará no lugar daquele que se defende e não do outro? Por diversas razões, que ainda não implicam o sentimento de justiça que estamos tratando de explicar: 1º) Porque o homem atacado e surpreendido está sempre em situação de inferioridade, mais apropriada a incitar o interesse e a piedade; quando somos testemunhas de uma luta, não tomamos o partido do mais fraco, mesmo sem saber se é ele quem tem razão? 2º) A situação do agressor é anti-social, contrária à segurança mútua que comporta toda associação; e, como sempre fazemos parte de alguma sociedade, simpatizamos mais com aquele dos dois adversários que está em situação mais semelhante à nossa, mais *social*. Mas suponhamos que a sociedade da qual um homem faça parte não seja a grande associação humana e sim, por exemplo, uma associação de ladrões. Então, fatos bastante estranhos se produzirão em sua consciência: ele aprovará um ladrão defendendo-se de outro ladrão e castigando-o,

em pensar que a necessidade de ver castigado qualquer ataque contra o indivíduo se reduz ao simples instinto de defesa pessoal. No entanto, ele confundiu a defesa com a vingança e não mostrou que esse mesmo instinto se reduz a uma ação reflexa incitada diretamente ou por simpatia. Quando essa ação reflexa é incitada por simpatia, ela parece revestir-se de um caráter moral, assumindo um caráter desinteressado: portanto, aquilo que chamamos de sanção penal não é, no fundo, senão uma *defesa* exercida por indivíduos *para cujo lugar nós podemos nos transportar* em espírito, contra outros *cujo lugar não queremos nos colocar.*

A necessidade física e social de sanção tem um duplo aspecto, visto que a sanção é ora castigo, ora recompensa. Se a recompensa nos parece tão natural quanto a pena, é porque

mas não aprovará um policial defendendo-se de um ladrão em nome da grande sociedade. Ele sentirá uma invencível repugnância em colocar-se no lugar do policial e em simpatizar com ele, o que falseará seus juízos morais. É assim, também, que as pessoas do povo tomam partido, em qualquer tumulto, contra a polícia, sem mesmo querer saber do que se trata, ou que, no estrangeiro, seríamos levados a tomar partido em favor dos franceses etc. A consciência está repleta de fenômenos desse gênero, complexos a ponto de parecerem contradizer-se e que, no entanto, entram numa lei única. A sanção é essencialmente a conclusão de uma luta à qual assistimos como espectadores e na qual tomamos o partido de um ou de outro dos adversários: se formos policiais ou cidadãos comuns, aprovaremos as algemas, a prisão e a forca. Se formos ladrões, lazarones ou talvez simplesmente homens do povo, aprovaremos o tiro de fuzil disparado de uma moita ou o punhal cravado misteriosamente nas costas dos *carabineiros*. Sob todos esses juízos morais ou imorais só restará de idêntico a constatação do seguinte fato da experiência: aquele que fere deve esperar *natural* e *socialmente* ser, por sua vez, ferido e agir em conseqüência desse determinismo.

ela também tem sua origem em uma ação reflexa, em um primitivo instinto da vida. Toda carícia chama e espera por outra carícia em resposta; todo testemunho de benevolência provoca no outro um testemunho semelhante: isso é verdadeiro de cima a baixo da escala animal. Um cão que avança mansamente, abanando a cauda para lamber um de seus companheiros, fica indignado ao se ver recebido a dentadas, como pode se indignar um homem de bem que recebe o mal em troca de seus benefícios. Estenda-se pela simpatia e generalize-se essa impressão, de início inteiramente pessoal, e se chegará ao seguinte juízo: é *natural* que todo ser que trabalhe em prol da felicidade de seus semelhantes receba ele próprio, em troca, os meios de ser feliz. Considerando-nos solidários uns com os outros, sentimo-nos comprometidos por uma espécie de dívida com relação a qualquer benfeitor da sociedade. Ao determinismo natural que liga o benefício ao benefício junta-se, assim, um sentimento de simpatia e mesmo de reconhecimento ao benfeitor: ora, em virtude de uma ilusão inevitável, a felicidade sempre parece ser mais merecida por aqueles com os quais simpatizamos[9].

9. Algum pessimista poderia negar esse instinto natural de gratidão e objetar que, ao contrário, o homem é naturalmente *ingrato*? Nada de mais inexato: ele é *esquecido*, apenas isso. As crianças e os animais ainda o são mais. Existe uma grande diferença entre essas duas coisas. O instinto de gratidão existe em todos os seres e subsiste enquanto perdura viva e intacta a lembrança do benefício; mas essa lembrança se altera muito rapidamente. Instintos bem mais fortes – como o interesse pessoal, o orgulho etc. – a combatem. É por isso que, quando nos colocamos no lugar de outrem,

Depois dessa rápida gênese dos sentimentos que incitam no homem a punição dos maus ou a recompensa dos bons, compreenderemos como se formou a noção de uma justiça distributiva inflexível, que proporciona o bem ao bem e o mal ao mal: é apenas o símbolo metafísico de um instinto físico vigoroso, que faz parte, no fundo, do instinto da conservação da vida. Resta-nos ver como, no meio (em parte artificial) da sociedade humana, esse instinto se vai modificando pouco a pouco, de tal modo que um dia a noção de justiça distributiva perderá até mesmo o apoio prático que ainda hoje lhe empresta o sentimento popular.

Sigamos, com efeito, a marcha da sanção penal com a evolução das sociedades. Na origem, o castigo era muito mais forte que a falta, a defesa ultrapassava o ataque. Irrite uma besta-fera, e ela o dilacerará; ataque um homem do mundo, e ele lhe responderá com uma tirada espirituosa; injurie um filósofo, e ele não lhe responderá nada. É a lei de *economia da força* que produz esse abrandamento crescente da sanção penal. O animal é uma mola grosseiramente comprimida, cuja distensão nem sempre é proporcional à força que a provoca; do mesmo modo

---

ficamos tão chocados por não ver uma boa ação recompensada, ao passo que muitas vezes sentimos tão pouco remorso ao esquecermos, nós mesmos, de retribuir um benefício. O sentimento da gratidão é um desses sentimentos altruístas naturais que, achando-se em contradição com o egoísmo igualmente natural, são mais fortes quando se trata de apreciar a conduta alheia do que para regular a nossa própria.

o homem primitivo, e também a penalidade dos primeiros povos. Para defender-se, aniquilava-se o agressor. Mais tarde, percebeu-se que não havia necessidade de uma mão tão pesada: buscou-se proporcionar exatamente a reação reflexa ao ataque. É o período resumido no preceito "olho por olho, dente por dente" – preceito que exprime um ideal ainda infinitamente elevado para os primeiros homens, um ideal que nós mesmos, em nossos dias, estamos longe de haver atingido completamente, embora o tenhamos ultrapassado de outros pontos de vista. Olho por olho, eis a lei física da igualdade entre a ação e a reação que deve reger um organismo perfeitamente equilibrado e que funcione de maneira regular. Só com o tempo o homem percebe que não é mesmo útil, para sua conservação pessoal, proporcionar a pena infligida ao sofrimento recebido. Ele tende, portanto – e tenderá cada vez mais, no futuro –, a diminuir a pena. Economizará os castigos, as prisões e as sanções de todo tipo. Esses são gastos de força social perfeitamente inúteis, a partir do momento em que ultrapassam a única finalidade que os justifica cientificamente: a defesa do indivíduo e do corpo social atacado. O próprio rancor, o ódio, o espírito de vingança, esse emprego tão vão das faculdades humanas, tendem a desaparecer para dar lugar à constatação do fato e à busca dos meios mais racionais para impedir que ele se repita. O que é o ódio? Uma simples forma do instinto de conservação física, a sensação de um perigo sempre *presente* na pessoa de outro indivíduo. Se um cão pensa em alguma criança que tenha atirado uma pedra nele, um mecanismo de imagens natural associa presentemente, para ele, a idéia da criança à ação de atirar a pedra: daí a cólera e o ranger de dentes. O ódio teve sua utilidade, portanto, e justifica-se racionalmente em um estado social pouco adiantado: era um precioso incitante do sistema nervoso e, através dele, do sistema muscular. No estado social superior, em que o indivíduo já não tem necessidade de defender-se por si próprio, o ódio não tem mais sentido. Se formos roubados, faremos queixa à polícia; se formos agredidos, moveremos um processo por perdas e danos. Já em nossa época, só quem pode sentir ódio são os ambiciosos, os ignorantes ou os tolos. O duelo, essa coisa absurda, acabará. De resto, ele agora é regulamentado em seus detalhes como uma visita oficial, e quase sempre só se realiza *pro forma*. A pena de morte desaparecerá ou será mantida apenas como meio preventivo, com a finalidade de assustar mecanicamente os criminosos de nascença, os criminosos mecânicos. As prisões e as penitenciárias serão provavelmente demolidas e substituídas pela deportação, que é a eliminação em sua forma mais simples. A própria prisão já se abrandou[10]: dei-

10. Para todos os delitos que não podem acarretar deportação, Le Bon propunha com razão, aqui mesmo [nesta revista], uma *multa*, ou um *trabalho obrigatório* (industrial ou agrícola), ou, enfim, um *serviço militar* forçado

xa-se penetrar nela o ar e a luz. As barras de ferro que retêm o culpado sem separá-lo em demasia dos raios do sol representam simbolicamente o ideal da justiça penal, que pode ser expresso por esta fórmula científica: o *máximo de defesa social* com o *mínimo de sofrimento individual*.

Assim, quanto mais avançamos, mais a verdade teórica impõe-se até mesmo às massas e modifica a necessidade popular de castigo. Hoje, quando a sociedade castiga, não é nunca *pelo ato que foi cometido* no passado, mas é por aqueles que o culpado ou outros, seguindo seu exemplo, poderiam cometer no futuro. A sanção só vale como promessa ou ameaça que precede o ato e tende mecanicamente a produzi-lo. Quando este se realiza, ela perde todo seu valor: é um simples escudo ou um simples motor determinista, nada além disso. É por isso, por exemplo, que não se punem mais os loucos: renunciou-se a isso depois de se reconhecer que o temor do castigo não tinha ação eficaz sobre eles. Há um século apenas, antes de Pinel*, o instinto popular queria que eles fossem punidos como todos os outros cul-

---

sob uma disciplina severa (*Revue Philosophique de la France et de l'Étranger*, maio de 1881). Como se sabe, nossas prisões são lugares mais de perversão que de conversão. São locais de reunião e de associação para os malfeitores, "clubes anti-sociais". A cada ano – escrevia um presidente da corte de cassação, sr. Béranger –, 100 mil indivíduos "vão para lá mergulhar mais fundo no crime", ou seja, 1 milhão em dez anos. Daí o aumento considerável da reincidência (esse aumento é, em média, de mais de 2 mil por ano).

* Philippe Pinel (1745–1826), médico considerado o pai da psiquiatria francesa. (N. de T.)

pados, o que prova como as idéias de responsabilidade ou de irresponsabilidade são vagas no conceito vulgar e utilitário da sanção social. O povo não falava em nome dessas idéias, mas antes em nome do interesse social, quando antigamente reclamava os castigos cruéis, em harmonia com seus costumes; os legisladores também não devem colocá-las à frente, hoje, quando trabalham para reduzir a pena ao estritamente necessário. O livre-arbítrio e a responsabilidade absoluta, por si sós, já não legitimam um castigo social tanto quanto a irresponsabilidade metafísica e o determinismo metafísico. A única coisa que justifica a pena é sua *eficácia* do ponto de vista da defesa social[11].

11. É necessário, portanto, aprovar a nova escola de juristas, particularmente numerosa e brilhante na Itália, que se esforça para colocar o direito penal fora de toda consideração moral e metafísica. Observemos, entretanto, que essa escola erra quando, depois de haver posto de lado qualquer idéia de responsabilidade metafísica, pensa ser forçada, por seus próprios princípios, a deixar de lado igualmente "o elemento intencional e voluntário". Segundo Lombroso, Ferri e Garofalo, o julgamento legal não deve repousar senão sobre a ação e sobre os motivos sociais ou anti-sociais que o produziram, sem jamais pretender avaliar a *potência* maior ou menor e a *qualidade* intrínseca da vontade. Garofalo e Ferri apóiam-se num exemplo que se volta contra eles: citam um artigo dos códigos italiano e francês que pune com prisão e multa "o homicídio e as lesões corporais *involuntários*" (Garofalo, *Di un criterio positivo della penalità* [De um critério positivo da penalidade], Nápoles, 1880; Ferri, *Il diritto di punire* [O direito de punir], Turim, 1882). Segundo eles, esse artigo da lei, não levando em conta a vontade do culpado, considera somente o ato em sua forma bruta, inteiramente destacado da intenção que o ditou; essa lei, segundo eles, seria um dos tipos dos quais as leis do futuro devem se aproximar. Mas não é inteiramente exato que o artigo em questão não leve em consideração a vontade do culpado. Se os golpes e as feridas ditos *involuntários* (ou, antes, *por imprudência*) fossem absolutamente assim, eles não seriam punidos, porque a punição seria ineficaz.

Do mesmo modo que os castigos sociais se reduzem, em nosso tempo, ao estritamente necessário, as recompensas sociais (títulos de nobreza, cargos honoríficos etc.)

A verdade é que eles são produzidos por falta de atenção; ora, sendo a atenção uma obra da vontade, ela pode ser mecanicamente incitada ou sustentada pelo temor da pena, e eis por que a pena intervém. A vida em sociedade exige precisamente no homem, entre todas as outras qualidades, certa dose de atenção, uma potência e uma estabilidade da vontade da qual o selvagem, por exemplo, é incapaz. O direito penal tem como finalidade, entre outros objetivos, desenvolver a vontade nesse sentido: assim, é ainda por equívoco que Carrara e Ferri não encontram "nenhuma responsabilidade social" naquele que cometeu um crime sem fazê-lo por sua própria iniciativa e de acordo com um motivo anti-social, mas porque um outro o forçou a dar a punhalada ou a colocar o veneno. Um tal homem, pensem o que quiserem os modernos juristas italianos, constitui certo perigo para a sociedade, não – sem dúvida – por causa de suas paixões ou mesmo de suas ações *pessoais*, mas simplesmente por causa de sua fraqueza de vontade: ele é um instrumento em vez de ser uma pessoa. Ora, é sempre perigoso ter, em um Estado, instrumentos em vez de cidadãos. Pode existir alguma coisa de anti-social não somente nos motivos exteriores que agem sobre a vontade, mas até mesmo na natureza dessa vontade. Ora, em toda parte onde se encontra alguma coisa de anti-social, há ocasião para uma sanção legal. Não é possível considerar, portanto, que a penalidade humana seja absolutamente da mesma ordem que a sanção pretensamente natural, que tira as conseqüências de um dado ato – por exemplo, cair na água – sem jamais se preocupar com a vontade e com a intenção que precederam esse ato (Ferri, *Il diritto di punire*, p. 25). Não! O determinismo interior do indivíduo não poderia escapar de todo da apreciação legal, e, do fato de que um juiz não tenha nunca de se perguntar se um ato é *moral* ou *metafisicamente livre,* não se segue que ele deva, em qualquer caso, negligenciar o exame de com que dose de *atenção* e de *intenção,* enfim, com que grau de vontade consciente esse ato foi realizado. Por graus, o castigo tornou-se hoje apenas uma medida de precaução social. Mas essa precaução deve visar, além do ato e de seus motivos, à vontade que se esconde por trás deles: essa vontade, qualquer que seja sua natureza última e metafísica, é mecanicamente uma força cuja intensidade maior ou menor deve entrar nos cálculos sociais. Seria absurdo para um engenheiro que quer construir uma barragem em um rio preocupar-se unicamente com o volume de água sem considerar a força da corrente que a carrega.

tornam-se também muito mais raras e mais excepcionais. Antigamente, quando um general era vencido, ele era condenado à morte e, algumas vezes, crucificado. Quando era vencedor, chamavam-no de *imperator* e carregavam-no em triunfo; em nossos dias, um general, para vencer, não tem necessidade de contar com tais honras nem com um fim tão lamentável. Como a sociedade repousa sobre um conjunto de trocas, aquele que presta um serviço espera, em virtude das leis econômicas, receber não uma sanção, mas simplesmente outro serviço: *honorários* ou um *salário* que substituam a recompensa propriamente dita. O bem chama o bem por uma espécie de equilíbrio natural. No fundo, a *recompensa*, tal como existia e existe ainda hoje nas sociedades não democráticas, constituía sempre um *privilégio*. Por exemplo, o autor que o rei escolhia outrora para receber uma pensão era seguramente um escritor *privilegiado*, enquanto hoje o autor cujos livros são vendidos é simplesmente um escritor lido. A recompensa antigamente era de tal forma considerada um privilégio que se tornava muitas vezes *hereditária*, como os feudos ou os títulos. É assim que a pretensa justiça distributiva produzia de fato as mais chocantes injustiças. Além disso, aquele mesmo que era recompensado perdia com isso em dignidade moral, porque aquilo que recebia aparecia, para ele próprio, apenas como um *dom*, em vez de ser uma *propriedade* legítima. Coisa notável: o regime econômico que tende a predominar entre nós tem, sob certos ângulos, um aspecto muito mais moral do que o regime da pretensa justiça distributiva, porque, em vez de fazer de nós homens lígios*, ele nos faz legítimos e absolutos possuidores de tudo aquilo que ganhamos com nosso trabalho e nossas obras. Tudo aquilo que outrora era obtido como *recompensa* ou *favor* passará a ser obtido cada vez mais por *concursos*. Os concursos, nos quais Renan e Taine vêem uma causa de aviltamento para a sociedade moderna, permitem hoje ao homem de talento criar por si próprio sua posição e dever a si mesmo o lugar que alcançou. Ora, os concursos são um meio de substituir a recompensa e o dom *gracioso* por um pagamento exigível. Quanto mais avançamos, mais cada um sente aquilo que lhe é devido e o reclama; mas aquilo que se deve a cada um perde, cada vez mais, o caráter de uma sanção para assumir o de um compromisso que liga ao mesmo tempo a sociedade e o indivíduo.

Como as recompensas sociais determinadas que acabamos de evocar, as outras recompensas mais vagas da *estima pública* e da *popularidade* tendem, também, a perder sua importância com a própria marcha da civilização. Entre os selvagens, um homem popular é um deus ou quase. Entre os povos já civilizados, ele ainda é um homem de porte sobre-humano, um "instrumento providencial". Chegará um momento em que, aos olhos de todos, ele será um homem e

* Termo medieval que designava, no sistema feudal, o indivíduo que se comprometia, por laços de fidelidade, com um senhor. (N. de T.)

nada mais. A admiração dos povos pelos Césares ou pelos Napoleões passará de forma gradativa; o renome dos homens de ciência já nos aparece, hoje, como o único verdadeiramente grande e durável. Ora, como estes são sobretudo admirados pelas pessoas que os compreendem e só podem ser compreendidos por um pequeno número, sua glória estará sempre restrita a um círculo estreito. Perdidos na maré de cabeças humanas, os homens de talento ou de gênio se habituarão, portanto, a não ter necessidade, para se sustentarem em seus trabalhos, senão da estima de um pequeno número e de sua própria. Eles traçarão um caminho neste mundo e o abrirão à humanidade, levados mais por uma força interior do que pela atração das recompensas. Quanto mais avançamos, mais sentimos que o *nome* de um homem se torna pouca coisa. Ainda nos atemos a isso apenas por uma espécie de criancice consciente; mas a *obra*, para nós mesmos e para todos os outros, é a coisa essencial. As altas inteligências, enquanto trabalham quase em silêncio nas altas esferas, devem ver com alegria as pequenas, as ínfimas, aquelas que não têm nome nem mérito, terem uma participação crescente nas preocupações da humanidade. Esforçamo-nos bem mais, hoje em dia, para abrandar a sorte daqueles que são infelizes, ou mesmo já culpados, do que para cumular de benefícios os que têm a felicidade de estar na primeira linha da escala humana – por exemplo, uma nova lei concernente ao povo ou aos pobres poderá nos interessar mais do que determinado acontecimento sucedido com um alto personagem: era o perfeito contrário antigamente. As questões pessoais se apagarão para dar lugar às idéias abstratas da ciência ou ao sentimento concreto da piedade e da filantropia. A miséria de um grupo social atrairá mais irresistivelmente a atenção e os benefícios do que o mérito de determinado indivíduo. Querer-se-á aliviar ainda mais aqueles que sofrem do que recompensar de uma maneira brilhante e superficial aqueles que agiram bem. A justiça distributiva – que é uma justiça totalmente individual, totalmente pessoal, uma justiça de privilégio (se essas palavras em conjunto já não estivessem em desacordo) – deve, portanto, ser substituída por uma eqüidade de um caráter mais absoluto e que, no fundo, não é senão a caridade. Caridade para todos os homens, qualquer que seja seu valor moral, intelectual ou físico, tal deve ser a finalidade última perseguida mesmo pela opinião pública.

IV Sanção interior

Toda sanção exterior, pena ou recompensa, aparece-nos às vezes como uma crueldade, às vezes como um privilégio. Se não existe razão puramente moral para estabelecer assim, de fora do ser, uma proporção absoluta entre a felicidade e a virtude, há uma razão puramente moral para vê-la realizada no interior do ser, através de sua *sensibilidade*? Em outros termos, deve e pode existir na consciência, para empregar os termos de Kant, um estado *patológico* de *prazer* ou de *dor* que sanciona a *lei moral*, uma espécie de patologia moral? E a *moralidade* deve, *a priori*, ter conseqüências *passionais*?

Imaginemos, por hipótese, uma virtude tão heterogênea à natureza que não tivesse nenhum caráter sensível e não se achasse em conformidade com nenhum *instinto* social ou pessoal, com nenhuma *paixão* natural, com nenhum πάθος [*páthos*], mas em conformidade somente com a razão *pura*. Imaginemos, por outro lado, uma direção imoral da vontade que, mesmo sendo a negação das "leis da razão pura prática", não encontrasse, ao mesmo tempo, resistência da parte de uma inclinação natural, de uma paixão natural (nem mesmo, por hipótese, o prazer natural de raciocinar com justeza, a sensação agradável do exercício lógico de acordo com as regras). Nesse caso (que não pode, aliás, ser encontrado na humanidade), seria racional que a um mérito e a um demérito sem nenhuma relação com o mundo sensível viessem se juntar uma dor ou um gozo sensíveis, uma *patologia*?

Assim, a satisfação moral ou o remorso, como *prazer* e *dor*, como *paixões* – ou seja, como simples fenômenos da sensibilidade –, parecem, para Kant, não menos inexplicáveis que a própria idéia do dever.

> É absolutamente impossível compreender *a priori* como uma idéia pura, que não contém em si mesma nada de sensível, produz um *sentimento* de prazer ou de dor; [...] é absolutamente impossível para nós, homens, explicar

> como e por que a universalidade de uma máxima como lei – e, por conseguinte, a moralidade – *interessa-nos.*[12]

Haveria aqui, portanto, um mistério; a projeção da moralidade no domínio da sensibilidade, sob a forma de sanção interior, não teria um *porquê* possível, e Kant afirma, entretanto, que ela é evidente *a priori*. Somos forçados, diz ele, "a contentar-nos em poder ver ainda tão bem *a priori* que esse *sentimento* (produzido por uma idéia pura) está inseparavelmente ligado à representação da lei moral em qualquer ser racional finito"[13].

A verdade, acreditamos, é que de modo nenhum percebemos uma razão puramente "*a priori*" para juntar um prazer *sensível* a uma intenção que, por hipótese, seria exclusivamente supra-sensível e absolutamente heterogênea à natureza[14]. O mistério parece transformar-se, aqui, em uma

---

12. *Critique de la raison pratique* [Crítica da razão prática], tradução francesa de Barni, p. 121; cf. pp. 258, 259, 256, 248, 252 e 374.
13. Idem, p. 258. Janet, inspirando-se sem dúvida em Kant e talvez nos teólogos, renuncia também a deduzir o sentimento do remorso da imoralidade; ele parece ver nisso a prova de uma espécie de misteriosa harmonia preestabelecida entre a natureza e a lei moral. "O remorso", diz ele, "é a dor pungente, a *mordida* que tortura o coração após uma ação culpável. Esse sofrimento não tem nenhum caráter moral e deve ser considerado uma espécie de *castigo* infligido ao crime pela própria *natureza*" (*Traité de philosophie*, p. 673).
14. Essas páginas já haviam sido escritas quando encontramos uma espécie de confirmação desse fato na tese aprofundada de Vallier sobre a *intenção moral*, na qual aparece em todo o seu rigor a lógica paradoxal do formalismo kantiano, culminando não mais no otimismo, mas no pessimismo.

impossibilidade. Se o mérito moral fosse pura conformidade com a *lei* racional como tal, pura *racionalidade*, puro *formalismo*, se ele fosse obra de uma pura liberdade transcendente e estranha a qualquer inclinação natural, ele não produziria nenhuma fruição na ordem da natureza, nenhuma expansão do ser sensível, nenhum calor interior, nenhuma palpitação do coração. Do mesmo modo, se a má vontade, fonte do demérito, pudesse, por hipótese, não ser ao mesmo tempo contrária a *nenhuma* das inclinações naturais de nosso ser, mas servisse a todas, ela não produziria nenhum sofrimento. O demérito, nesse caso, deveria, mesmo *naturalmente*, resultar na perfeita felicidade sensível e passional. Se não é assim, é porque o ato moral ou imoral, ao mesmo tempo que é supra-sensível pela intenção, encontra em nossa natureza "patológica" ajudas ou obstáculos. Se gozamos ou sofremos então, não é mais na medida em que nossa intenção é conforme ou contrária a uma lei racional fixa, a uma lei de liberdade supranatural, mas na medida em que ela se acha ao mesmo tempo conforme ou contrária a nossa natureza sensível, sempre mais ou menos variável.

Em outros termos, a satisfação moral ou o remorso não provêm de nossa *relação com uma lei moral* totalmente *a priori*, mas de nossa relação *com as leis naturais* e empíricas.

Mesmo o simples *prazer* de razão que podemos experimentar ao universalizar uma máxima de conduta não pode ainda ser explicado senão pela tendência *natural* do espírito a ultrapassar qualquer limite particular e, de maneira geral, pela tendência de qualquer atividade a continuar infinitamente o movimento iniciado. Se não fazemos intervir considerações empíricas, qualquer gozo *moral*, ou mesmo racional, ou mesmo puramente *lógico*, se tornará não somente inexplicável, mas impossível *a priori*. Ainda se poderá admitir uma *superioridade* da ordem da razão sobre a da sensibilidade e da natureza, mas não uma *ressonância* possível dessas duas ordens uma na outra, ressonância que é inteiramente *a posteriori*. Para que a sanção interior fosse verdadeiramente *moral*, seria necessário que ela não tivesse nada de sensível ou de *patológico*, quer dizer, precisamente nada de agradável ou de penoso passionalmente. Seria preciso que fosse a *apatia* dos estóicos, ou seja, uma serenidade perfeita, uma *ataraxia**, uma satisfação supra-sensível e suprapassional. Seria necessário que fosse, relativamente a este mundo, o *nirvana* dos budistas, o completo desprendimento de todo πάθος. Seria preciso, portanto, que perdesse todo caráter de *sanção sensível*. Uma lei supra-sensível só pode ter uma sanção supra-sensível e, conseqüentemente, estranha ao que se chama de prazer e de dor naturais; e essa sanção é tão indeterminada para nós quanto a própria ordem supra-sensível, χ**.

---

* Esse termo, utilizado por Demócrito no sentido de "tranqüilidade de alma, obtida com a contenção dos prazeres", foi usado pelos epicuristas e estóicos como sinônimo de *apatia*. (N. de T.)

** Guyau utiliza esse signo algébrico como sinônimo de "uma incógnita". (N. de T.)

No fundo, a sanção dita *moral* e realmente sensível é um caso particular dessa lei *natural*, segundo a qual *todo desdobramento da atividade é acompanhado de prazer*. Esse prazer diminui, desaparece e dá lugar ao sofrimento segundo as resistências *interiores* ou *exteriores* que a atividade encontra. No *interior* do ser, a atividade pode encontrar essas resistências seja na natureza de espírito e no *temperamento intelectual*, seja no caráter e no *temperamento moral*. As aptidões do espírito diferem evidentemente segundo os indivíduos. Um poeta dificilmente será um bom tabelião (e podemos compreender os sofrimentos de Alfred de Musset como escrevente em um escritório); um poeta de imaginação também dificilmente será um matemático (e podemos compreender os protestos de Victor Hugo contra o "quadro-negro cheio de *X* e *Y*"). Toda inteligência parece ter certo número de direções para onde a conduzem, de preferência, os hábitos hereditários. Quando se afasta dessas direções, ela sofre. Esse sofrimento pode ser, em alguns casos, um verdadeiro dilaceramento e aproximar-se bastante do remorso "moral". Suponhamos, por exemplo, um artista que sente em si o gênio e que se acha condenado por toda a sua vida a um trabalho manual; esse sentimento de uma existência perdida, de uma tarefa não cumprida, de um ideal não realizado, o perseguirá, atormentará sua sensibilidade quase da mesma maneira que a consciência de uma fraqueza moral. Eis, portanto, um exemplo dos prazeres ou das dores que esperam qualquer desdobramento da atividade, não importa em que meio. Do temperamento intelectual, passemos agora ao temperamento moral. Ainda aí, achamo-nos na presença de uma multiplicidade de tendências instintivas que produzirão a alegria ou a dor conforme a vontade obedeça ou resista a elas: tendências à avareza, à caridade, ao roubo, à sociabilidade, à ferocidade, à piedade etc. Essas tendências tão diversas podem existir em um mesmo caráter e arrastá-lo em todas as direções. A alegria que experimenta o homem de bem em seguir seus *instintos* sociais terá, portanto, como correspondente, a que o criminoso experimenta em seguir seus *instintos* anti-sociais. São conhecidas as palavras de um jovem malfeitor citado por Maudsley: "Meu Deus, como é bom roubar! Mesmo que eu tivesse milhões, ainda quereria ser ladrão". Quando essa alegria de fazer o mal não é compensada por nenhum arrependimento nem remorso posterior (e é o que acontece, segundo os criminalistas, com nove entre dez criminosos de nascença), segue-se uma inversão completa na direção da consciência, semelhante àquela que se produz na agulha imantada; os instintos maus sufocam todos os outros, é deles (ou quase) que provém a única sanção *patológica*. O jovem ladrão de que fala Maudsley, se tivesse perdido uma oportunidade de roubar, teria decerto sofrido interiormente, teria tido algo como o esboço de um remorso. O fenômeno patológico designado pelo nome de sanção interior pode, portanto, ser considerado indiferente em si mesmo à qualidade moral dos atos. A sensibilidade, na qual se passam os fenômenos desse gênero, não tem de forma alguma a fixidez da razão. Ela pertence ao número dessas coisas "ambíguas e de duplo uso" de que fala Platão: pode favorecer tanto o mal quanto o bem.

Nossos instintos, nossas inclinações e nossas paixões não sabem o que querem. Eles têm necessidade de ser dirigidos pela razão, e a alegria ou o sofrimento que eles podem nos ocasionar não provêm de sua conformidade com o fim que a *razão* lhes propõe, mas de sua conformidade com o fim para o qual se voltam *naturalmente* por si mesmos. Em outros termos, a alegria de fazer o bem e o remorso de fazer o mal nunca são proporcionais, em nós, ao triunfo do bem ou do mal moral, mas à luta que eles tiveram de sustentar contra as inclinações de nosso temperamento físico ou psíquico.

Se os elementos do remorso ou da alegria interior, que provêm assim da sensibilidade, são geralmente variáveis, existe um, entretanto, que apresenta certa fixidez e que pode existir em todos os espíritos elevados. Estamos falando dessa satisfação que sempre experimenta um indivíduo ao sentir-se classificado entre os seres superiores, aproximado de seu próprio ideal, adaptado, por assim dizer, a esse ideal. Essa satisfação corresponde ao sofrimento intelectual de sentir-se decaído de sua posição e de sua espécie, caído ao nível dos seres inferiores. Uma tal satisfação, um tal gênero de remorso intelectual praticamente só existem nos espíritos filosóficos; além disso, essa sanção, limitada a um pequeno número de seres morais, comporta certa antinomia. Com efeito, o sofrimento produzido pelo contraste entre nosso ideal e nosso estado real deve ser, em nós, tanto maior quanto mais nós temos uma consciência mais plena do ideal, porque, então, adquirimos uma visão mais clara da distância que nos separa dele. Portanto, quanto menos somos imperfeitos, mais devemos sofrer ao nos compararmos com o ideal de perfeição. A suscetibilidade da consciência vai aumentando à medida que esta se desenvolve, e a intensidade do remorso é uma medida de nossa elevação moral. Do mesmo modo como os organismos superiores são sempre mais sensíveis a qualquer espécie de dor vinda de fora – e que em média, por exemplo, um branco sofre mais em sua vida do que um negro* –, os seres mais bem organizados moralmente são mais expostos do que os outros a esse sofrimento vindo de dentro e cuja causa está sempre presente para eles: o sofrimento pelo ideal não realizado. O ser mais moral parece, sob muitos aspectos, feito para sofrer mais. O verdadeiro remorso – com seus refinamentos,

* Essa afirmação de Guyau nada tem de racista. Na verdade, é possível reconhecer facilmente que os indivíduos submetidos a grandes esforços, a privações e a sofrimentos constantes (como era o caso dos negros do século XIX, recém-saídos de uma impiedosa escravidão) têm uma resistência geral bastante superior aos que estão acostumados unicamente ao conforto e às abundantes facilidades da vida burguesa (caso de muitos dos brancos europeus contemporâneos de Guyau). (N. de T.)

seus escrúpulos dolorosos e suas torturas interiores – pode ferir os seres não em razão inversa, mas em razão direta de seu aperfeiçoamento.

Definitivamente, a moral vulgar e mesmo a moral kantiana tendem a fazer do remorso uma *expiação*, uma relação misteriosa e inexplicável entre a vontade moral e a natureza. Do mesmo modo, elas tendem a fazer da satisfação moral uma recompensa. De nossa parte, temos tentado reduzir o remorso sensível a uma simples *resistência* natural às inclinações mais profundas de nosso ser, e a satisfação sensível a um sentimento natural de *facilidade*, de comodidade, de liberdade que experimentamos quando cedemos a essas inclinações. Se existe uma sanção supra-sensível da lei supra-sensível, ela deve ser, uma vez mais, estranha ao *sentido* propriamente dito, à paixão, ao πάθος.

Estamos longe de negar, com isso, a utilidade prática daquilo que se chama de prazeres morais e de sofrimentos morais. O sofrimento, por exemplo, se não se justifica como *penalidade*, justifica-se muito bem como utilidade. O remorso adquire um valor quando pode nos servir para alguma coisa, quando é a consciência de uma imperfeição ainda atual – seja em suas causas, seja em seus efeitos – e da qual o ato passado era simplesmente o sinal. Então ele não concerne a esse ato mesmo, mas à imperfeição revelada pelo ato ou às conseqüências que se desenrolam, é um aguilhão que serve para nos lançar adiante. Desse ponto de vista, que não é propriamente o da sanção, o sofrimento do remorso e mesmo todo sofrimento em geral, toda austeridade, adquirem um valor moral que não é possível negligenciar e que, muitas vezes, os utilitaristas puros negligenciam. É conhecido o horror de Bentham por aquilo que lhe recordava o "princípio ascético", por tudo aquilo que lhe parecia o menor sacrifício de um prazer. Ele estava errado. O sofrimento às vezes pode ser, em moral, o que os remédios amargos são na medicina: um poderoso tônico. O próprio doente sente necessidade disso: aquele que abusou do prazer é o primeiro a desejar a dor, a saboreá-la; é por uma razão análoga que, depois de ter abusado dos doces, consegue-se saborear uma infusão de quinino. O vicioso acaba por odiar não somente seu vício, mas os próprios gozos que este lhe proporcionava. Ele os despreza a tal ponto que, para demonstrá-lo a si próprio, gosta de sentir-se sofrer. Toda mácula tem necessidade de uma espécie de mordente* para ser apagada; a dor pode ser esse mordente. Se ela não pode nunca constituir uma *sanção* moral – já que o mal patológico e o mal moral são heterogêneos –, pode tornar-se, por vezes, um útil cautério. Sob esse novo aspecto, ela tem um valor medicinal incontestável. Mas, em primeiro lugar, para que seja verdadeiramente moral, ela deve ser consentida, requerida pelo próprio indivíduo. Além disso, é preciso lembrar-se de que uma medicação não deve ser administrada por muito tempo, nem ser eterna, sobretudo. As religiões e a moral clássica compreenderam quanto vale a dor, mas abusaram disso. Fizeram como esses cirurgiões que, de tão maravi-

* Substância utilizada para exercer uma ação corrosiva sobre um metal. (N. de T.)

lhados com os resultados de suas operações, só querem saber de cortar braços e pernas. "Cortar" nunca pode ser uma finalidade, e o fim último deve ser "costurar". O remorso só vale para conduzir com mais segurança a uma resolução definitivamente boa.

Em suma, poderíamos considerar o remorso sob um duplo aspecto: ora como a constatação dolorosa e relativamente *passiva* de um fato (desobediência a uma inclinação mais ou menos profunda do ser, decadência do indivíduo em relação à espécie ou a seu próprio ideal), ora como um esforço ainda mais ou menos penoso, mas *ativo* e enérgico, para sair desse estado de decadência. Sob seu primeiro aspecto, o remorso pode ser lógica e fisicamente necessário, mas só se torna moralmente bom quando se reveste de seu segundo caráter. Portanto, o remorso é tanto mais moral quanto menos se parece com uma *sanção* verdadeira. Existem temperamentos nos quais essas duas características do remorso são claramente cindidas. Existem alguns que podem experimentar um sofrimento muito pungente e perfeitamente vão; existem outros que (sendo a razão e a vontade predominantes neles) não têm necessidade de sofrer muito para reconhecer que fizeram o mal e para impor uma reparação a si mesmos. Estes últimos são superiores do ponto de vista moral, o que prova que a pretensa *sanção* interior, assim como todas as outras, só se justifica como um meio de *ação*.

V Sanção religiosa*

Quanto mais avançamos, mais a sanção propriamente dita, ou seja, a "patologia" moral, se nos apresenta como uma espécie de parapeito, sendo útil apenas onde existe um caminho traçado e alguém que ande por ele. Além da vida, no precipício eterno, os parapeitos tornam-se inteiramente supérfluos. Uma vez terminada a "prova" da existência, já não há que voltar a ela, a não ser, bem entendido, para tirar daí experiências e sábios ensinamentos, para o caso em que nos fosse necessário começar novas provas. Tal não é o pensamento das principais religiões humanas. As religiões – enquanto impõem certa regra de conduta, a obediência a certos ritos e a fé em determinados dogmas – têm todas a necessidade de uma sanção para confirmar seus preceitos. Todas elas são unânimes ao invocar a sanção mais temível que se possa imaginar: aos que violam suas ordens de uma maneira ou de outra, elas prometem castigos eternos e fazem ameaças que ultrapassam aquilo que a imaginação do homem mais furioso pode sonhar em infligir a seu mais mortal inimigo. Nesse, como em muitos outros pontos, as religiões estão em pleno desacordo com o espírito de nosso tempo, mas é estranho pensar que ainda são seguidas por uma multidão de filósofos e de metafísi-

* Na *Revue Philosophique de la France et de l'Étranger*, este capítulo foi incorretamente publicado com o número IV. (N. de T.)

cos. Imaginando Deus como a mais terrível das potências, conclui-se daí que, quando está irritado, ele deve infligir o mais terrível dos castigos. Esquece-se de que Deus, esse supremo ideal, deveria ser simplesmente incapaz de fazer mal a alguém e, com ainda mais razão, de devolver o mal pelo mal. Precisamente porque Deus é concebido como o máximo de potência, ele só poderia infligir o mínimo de dor; porque, quanto maior é a força de que se dispõe, menos se tem necessidade de despendê-la para obter determinado efeito. Como, além disso, vê-se nele a suprema bondade, é impossível imaginá-lo infligindo até mesmo esse mínimo de dor. É preciso que o pai celestial ao menos tenha, sobre os pais deste mundo, a superioridade de não açoitar seus filhos. Enfim, como ele é, hipoteticamente, a soberana inteligência, não podemos acreditar que faça nada sem razão; ora, por que razão ele faria sofrer inutilmente um culpado? Deus está acima de qualquer ultraje e não precisa se defender; ele não tem, portanto, de ferir. As religiões são sempre levadas a representar o homem mau como um titã empenhado numa luta contra o próprio Deus: uma vez Júpiter vencedor, é muito natural que, daqui por diante, ele tome suas precauções e esmague seu adversário sob uma montanha. Mas é fazer uma estranha idéia de Deus imaginar que ele possa lutar materialmente com os culpados, sem perder sua majestade e sua santidade. A partir do momento em que a Lei moral personificada empreende uma luta física com os culpados, ela perde precisamente seu caráter de lei, rebaixa-se ao nível deles, decai. Um Deus não pode lutar com um homem: ele expõe-se a ser jogado por terra, como foi o anjo por Jacó*. Ou Deus, essa lei viva, é a onipotência, e então não podemos verdadeiramente *ofendê-lo*, mas ele também não nos deve *punir*, ou podemos realmente ofendê-lo, mas então nós podemos alguma coisa contra ele, e ele não é a onipotência, não é o absoluto, não é Deus. Os fundadores das religiões imaginaram que a lei mais santa deveria ser a lei mais forte: é exatamente o contrário. A idéia de força converte-se logicamente na relação de uma potência com uma resistência: qualquer força física é, portanto, moralmente uma fraqueza. É uma concepção estranha e bem antropomórfica supor que Deus tenha um cárcere ou uma "geena" e, como servidor e carcereiro, o demônio. Em suma, o demônio não é mais responsável pelo inferno que o carrasco pelos instrumentos de suplício que são entregues em suas mãos. Talvez chegue até a lamentar a tarefa que tem de realizar. A verdadeira responsabilidade passa por cima de sua cabeça. Ele é apenas o executor das altas obras** divinas, e um filósofo poderia sustentar, não sem verossimilhança, que o verdadeiro demônio, aqui, é Deus[15]. Se uma lei humana,

* Gênesis, 32, 23-33. (N. de T.)

** Antigamente, na França, o carrasco também era conhecido como "executor das altas obras". (N. de T.)

15. "Um Deus capaz de odiar mereceria ser o primeiro a ser posto no inferno criado por ele" (Fouillée, *La science sociale contemporaine* [Ciência social contemporânea], p. 296).

se uma lei civil, não pode deixar de ter uma sanção física, é porque, como já vimos, ela é civil e humana. Não é assim com a lei moral, que supostamente apenas protege um princípio e é representada como imutável, eterna e, de certa forma, impassível: não se pode ser *passivo* diante de uma lei *impassível*. Como a força nada pode contra ela, ela não tem necessidade de responder com a força. Aquele que acredita ter derrubado a lei moral deve encontrá-la sempre de pé diante dele, como Hércules via incessantemente libertar-se de seu abraço o gigante que imaginava ter abatido para sempre. Ser eterno, eis a única vingança possível do bem com relação àqueles que o violam. Se Deus tivesse criado vontades de uma natureza bastante perversa para lhe ser indefinidamente contrárias, ele estaria reduzido à impotência diante delas, só poderia lamentá-las e lamentar-se ele mesmo por havê-las criado. Seu dever não seria feri-las, mas aliviar o máximo possível sua infelicidade, mostrar-se tanto mais manso e melhor quanto piores forem elas: os danados, se fossem verdadeiramente incuráveis, teriam, em suma, mais necessidade das delícias do céu que os próprios eleitos. Das duas uma: ou os culpados podem ser reconduzidos ao bem, e então o pretenso inferno não será senão uma imensa escola onde se tentará abrir os olhos de todos os réprobos e fazê-los subir o mais rapidamente ao céu; ou os culpados são incorrigíveis como os maníacos incuráveis (o que é absurdo), e assim terão de ser eternamente lamentados. Uma bondade suprema deverá tentar compensar sua miséria por todos os meios imagináveis, pela soma de todas as felicidades sensíveis. De qualquer modo como se entenda, o dogma do inferno surge, assim, como o próprio contrário da verdade.

De resto, *danando* uma alma – quer dizer, expulsando-a para sempre de sua presença ou, em termos menos místicos, excluindo-a para sempre da verdade –, Deus excluiria a si mesmo dessa alma, limitaria por si próprio sua potência e, para resumir, danaria a si mesmo em certa medida. A pena da *danação* recai sobre aquele mesmo que a inflige. Quanto à pena do sentido*, que os teólogos distinguem da danação, ela é evidentemente ainda mais insustentável, mesmo que tomada em um sentido metafórico. Em vez de danar, Deus só pode chamar eternamente para si aqueles que se afastaram dele. É sobretudo para os culpados que é preciso dizer, como Michelangelo, que Deus abre bem abertos os dois braços na cruz simbólica. Nós o representamos assim, olhando tudo de muito alto, para que a seus olhos os réprobos nunca sejam outra coisa senão infelizes. Ora, os infelizes não devem ser – sob esse aspecto, quando não sob os outros – os preferidos da bondade infinita?

---

* Uma das três penas do inferno que atinge o danado em função da natureza do pecado mortal que causou sua perda (o paladar, por exemplo, seria atormentado por contínuos amargores). (N. de T.)

VI Sanção de amor e de fraternidade*

Até aqui, consideramos ligados os dois aspectos da sanção: *castigo* e *recompensa*, mas talvez seja possível considerá-los separados um do outro. Janet, por exemplo, parece disposto a rejeitar a recompensa propriamente dita e o direito à recompensa[16] e só admitir como legítimo o castigo. Essa primeira posição é, acreditamos, a mais difícil que se possa adotar no exame da questão. Existe uma segunda posição totalmente oposta, em que se colocou um outro filósofo, e que devemos examinar para ficarmos completos: rejeitar inteiramente o castigo, mas esforçar-se para manter uma relação racional entre o mérito e a felicidade[17]. Essa doutrina renuncia à idéia kantiana que faz do mérito a conformidade com uma lei totalmente formal. O universo é representado como uma imensa sociedade onde qualquer dever é sempre um dever para com alguém ativo, vivo. Nessa sociedade, "aquele que ama deve ser amado". O que seria mais natural? Dizer que o homem virtuoso merece a felicidade "é

* Na *Revue Philosophique de la France et de l'Étranger*, este capítulo foi incorretamente publicado com o número v. (N. de T.)

16. "Admitimos, sem hesitação, a máxima estóica: 'A virtude é, em si mesma, sua própria recompensa [...]'. Poderíamos conceber um triângulo geométrico que, por hipótese, fosse dotado de consciência e de liberdade, e que, tendo conseguido libertar sua pura essência do conflito das causas materiais que tendem, em todas as partes, a violentar sua natureza, tivesse, além disso, a necessidade de receber das coisas exteriores um prêmio por ter-se libertado de seu domínio?" (Janet, *La morale*, p. 590).

17. Fouillée, *La liberté et le déterminisme* [A liberdade e o determinismo].

dizer que toda boa vontade lhe quer bem em paga do bem que ele quis". A relação entre o mérito e a felicidade torna-se, então, "uma relação de vontade para vontade, de pessoa para pessoa, uma relação de reconhecimento e, conseqüentemente, de fraternidade ou de amor moral"[18]. Assim, na idéia de retorno e de reconhecimento estaria a ligação buscada entre a boa ação e a felicidade. A *amabilidade*, este seria o novo princípio da sanção – princípio que, excluindo completamente o castigo, bastaria para justificar uma espécie de recompensa, não material, mas moral. Observemos que essa sanção não é válida para um ser que, por hipótese, fosse considerado absolutamente solitário. Mas, segundo a doutrina que examinamos, em parte alguma existe um ser semelhante; não se pode sair da sociedade, pois não se pode sair do universo: portanto, a lei moral não é, no fundo, senão uma lei social, e aquilo que dissemos das relações atuais entre os homens vale também para as relações ideais de todos os seres uns com os outros. Desse ponto de vista, a recompensa torna-se uma espécie de "resposta" de amor. Toda boa ação se assemelha a um "apelo" dirigido a todos os seres do vasto universo. Parece ilegítimo que esse apelo não seja ouvido e que o amor, infecundo, não produza o reconhecimento: o amor pressupõe a mutualidade do amor, conseqüentemente, a cooperação e o concurso, conseqüen-

18. Idem, p. 368.

temente a satisfação da vontade e a felicidade. Quanto à infelicidade sensível de um ser, ela poderia ser explicada, nessa doutrina, pela presença de alguma vontade cega que se ergue contra ele do seio da natureza, do seio da sociedade universal. Ora, se, por hipótese, um ser é verdadeiramente amante, ele se tornará amável não somente aos olhos dos homens, mas aos olhos de todas as vontades elementares que constituem a natureza. Ele adquirirá, assim, uma espécie de direito ideal a ser respeitado e ajudado por elas, conseqüentemente a ser feito feliz por elas. Podem-se considerar todos os males sensíveis – sofrimentos, doenças, morte – provenientes de uma espécie de guerra e de ódio cego das vontades inferiores. Quando esse ódio toma como vítima o próprio amor, nós nos indignamos com isso, e o que há de mais justo? Se o amor de outrem só deve ser pago com o amor, nós temos ao menos a consciência de que ele deve sê-lo com o amor da natureza inteira, não somente com o de determinado indivíduo. Esse amor da natureza, assim universalizado, se tornará, para aquele que é seu objeto, a felicidade, inclusive a felicidade sensível: a ligação entre a boa vontade e a felicidade, que nós queríamos romper, será novamente restabelecida.

Essa hipótese, convenhamos, é o único e último recurso para justificar metafisicamente o sentimento empírico de indignação que produz em nós o mal sensível, quando ele acompanha a boa vontade. Contudo, observemos bem o que envolve a hipótese. É preciso chegar, nessa doutrina, a admitir sem prova que todas as vontades que constituem a natureza são de essência e de direção análogas, de maneira a convergir para o mesmo ponto. Se o bem que persegue, por exemplo, uma sociedade de lobos fosse, no âmago das coisas, tão diferente do bem perseguido pela sociedade humana quanto parece sê-lo na aparência, a bondade de um homem não teria racionalmente nada de respeitável para a de um lobo, nem a de um lobo para um homem. É necessário, portanto, completar a hipótese precedente com esta outra, bem sedutora e bem arriscada, que nós mesmos já expressamos como possível:

> À evolução exterior, cujas formas são tão variáveis, não corresponderia uma tendência, uma inspiração interior, eternamente a mesma, que molda todos os seres? Não haveria neles uma conexão de tendências e de esforços análoga à conexão anatômica assinalada por Geoffroy Saint-Hilaire nos organismos?"[19]

Segundo essa doutrina, a idéia de sanção acaba por fundir-se na idéia mais moral de "cooperação"; aquele que faz o bem universal trabalha em uma obra tão grande que tem idealmente direito à ajuda de todos os seres, membros do mes-

19. Ver nosso *La morale anglaise contemporaine*, p. 370, e Fouillée, *La science sociale contemporaine*, livro v.

mo todo, desde a primeira monera até a célula cerebral do organismo mais elevado. Aquele que faz o mal, ao contrário, deveria receber de todos uma "recusa de ajuda", que seria uma espécie de punição negativa. Ele estaria moralmente isolado, enquanto o outro estaria em comunhão com o universo.

Assim restrita, depurada, salva pela metafísica, essa idéia de uma harmonia final entre o bem moral e a felicidade torna-se seguramente mais admissível. Mas, em primeiro lugar, essa não é mais verdadeiramente a sanção *legal* de uma *lei* formal: desapareceu tudo aquilo que restava das idéias de lei propriamente necessária ou imperativa e de sanção igualmente necessária. Não é nem mesmo mais a lei formal de Kant nem o juízo sintético *a priori* pelo qual a legalidade estaria unida à felicidade como recompensa. Em poucas palavras, não é mais um regime de *legislação*, conseqüentemente de verdadeira *sanção*. Podemos mesmo dizer que somos transportados, aqui, para uma região superior à da *justiça* propriamente dita: é a região de *fraternidade*. Já não é a justiça comutativa, porque a idéia de fraternidade exclui a de uma troca matemática, de uma balança de serviços exatamente mensuráveis e iguais com relação à quantidade. A boa vontade não mede quantitativamente o retorno daquilo que recebeu: ela devolve dois e até mesmo dez para um. Já nem mesmo existe justiça distributiva no sentido próprio, porque a idéia de uma distribuição exata, mesmo *moral*, já não é a da fraternidade. O filho pródigo poderá ser mais bem acolhido que o filho prudente. Será possível amar um culpado, e o culpado terá, talvez, mais necessidade de ser amado do que qualquer outro. Eu tenho duas mãos, uma para segurar a mão daqueles com quem caminho na vida, a outra para levantar aqueles que caem. Eu poderia mesmo, para estes, estender as duas mãos juntas. Assim, nessa esfera, as relações puramente *racionais*, as harmonias puramente intelectuais e, com muito mais razão, as relações legais parecem desvanecer-se. Por isso mesmo se desvanece a relação verdadeiramente racional, de certa maneira *lógica* e mesmo *quantitativa*, que ligaria a boa vontade a uma proporção determinada de bem exterior e mesmo de amor interior. Daí resulta uma espécie de antinomia: o amor é ou uma graça particular e uma eleição que pouco se parece com uma sanção ou uma espécie de graça geral e uma igualdade ideal estendida a todos os seres, que não se parece mais com uma sanção. Se eu amo mais um homem do que outro, não é certo que meu amor seja em razão direta de seu mérito. E, se eu amo todos os homens em sua humanidade ideal, se eu os amo universalmente, igualmente, ainda parece desaparecer a proporção entre o mérito e o amor.

Tais são as dificuldades que suscita, acreditamos, essa teoria. Essas dificuldades talvez não sejam insolúveis, mas sua solução será seguramente uma modificação profunda aplicada à idéia tradicional de sanção; porque, no que concerne à pena, a sanção terá desaparecido e, no que concerne à recompensa, a compensação de pura justiça parecerá desvanecer-se nas relações superiores de fraternidade, escapando a determinações precisas. No fundo, a indignação moral que nos causam o mal sensível e a morte subsiste sempre, qualquer que seja o caráter bom ou mau da vontade que eles vêm entravar. O sofrimento choca-nos em si mesmo e independentemente de seu ponto de aplicação. Uma distribuição de sofrimento é, portanto, moralmente ininteligível. De outra parte, no que concerne à felicidade, queremos que todos sejam felizes. Essas noções causam uma grande perturbação na *balança* da sanção. A proporcionalidade, a racionalidade, a lei, νόμος [*nómos*] (de νέμω [*némo*, "distribuir", "partilhar"]) só são aplicáveis às relações de ordem e de utilidade social, de defesa e de troca, de comutação e de distribuição matemáticas. A sanção propriamente dita é, portanto, uma idéia totalmente humana.

Em suma, os utilitaristas e os kantianos, situados nos dois pólos opostos da moral, são, no entanto, vítimas do mesmo erro. O utilitarista, que sacrifica um pouco que seja de sua existência pela esperança de ver um dia esse sacrifício render-lhe alguma coisa no além da vida, faz um cálculo irracional de seu ponto de vista: porque, de forma absoluta, não lhe é devido por seu devotamento interesseiro nada além do que lhe seria devido por uma má ação interesseira. De outra parte, o kantiano, que se sacrifica de olhos fechados apenas pela lei, sem nada calcular, sem nada pedir, não tem igualmente *direito* verdadeiro a uma compensação, a uma indenização: é racional que, quando não se visa a uma finalidade, se renuncie a isso, e o kantiano não visa à felicidade. Poderão objetar-nos que, se a lei moral nos obriga, ela mesma é obrigada a alguma coisa para conosco? Dirão que pode haver aí um "recurso do agente contra a lei"? Que, por exemplo, se a lei exige sem compensação a aniquilação do eu, ela é a suprema crueldade; "uma lei cruel é justa?"[20] Responderemos que é preciso distinguir, aqui, entre duas coisas: as circunstâncias fatais da vida e a lei que regula nossa conduta nessas circunstâncias. As conjunturas fatais da vida podem ser cruéis; acusem a natureza, mas uma lei nunca pode parecer *cruel* ao que crê em sua *legitimidade*. Aquele que vê qualquer mácula como um crime não pode achar cruel permanecer casto. É impossível julgar a lei moral colocando-se de um ponto de vista humano, visto que ela é, por hipótese, incondicional, irresponsável, e supostamente nos fala do fundo do absoluto. Ela não faz conosco um contrato em que pudéssemos tranqüilamente discutir as cláusulas, pôr na balança as vantagens e os inconvenientes.

No fundo, mesmo na moral kantiana, a sanção é apenas um expediente supremo para justificar racional e *mate-*

---

20. Janet, *La morale*, p. 582.

rialmente a lei *formal* de sacrifício, a lei moral. Acrescenta-se a sanção à lei para legitimá-la[21]. A doutrina dos kantianos,

21. Essa declaração de princípios, disfarçada sob o nome de *postulado*, é ainda mais sensível nos sistemas de moral que tentam manter-se mais abertamente no meio-termo entre o utilitarismo egoísta e o desprendimento absoluto do estoicismo. Parecem ser desse tipo a moral de Renouvier, na França, e a de Sidgwick, na Inglaterra. "A *razão*", diz Renouvier (com quem, nesse ponto, o moralista inglês está inteiramente de acordo), "*não tem prêmio* e só se faz *reconhecer* na medida em que está supostamente em conformidade com a causa final, princípio das *paixões*, com a *felicidade* [...] O postulado de uma conformidade final da lei moral com a felicidade [...] é a indução, a hipótese própria da moral [...] Recusa-se esse postulado? [...] o agente moral poderá opor à obrigação de justiça uma outra *obrigação*, a de sua própria conservação, e ao dever o interesse tal como ele o representa [...] Em nome do *que* imporemos a ele que opte pelo dever?" (*Science de la morale*, t. I, p. 171). Renouvier, espírito muito sinuoso e circunspecto, tenta em seguida diminuir o alcance dessa confissão através de uma distinção escolástica. A sanção, diz ele, é menos um postulado da moral que um *postulado das paixões*, "necessário para legitimá-las e fazê-las entrar na ciência". Por infelicidade, ele acaba de reconhecer que não pode haver ciência da moral independentemente das paixões e que a *obrigação* do interesse é uma potência *logicamente* equivalente à obrigação moral. Se as paixões postulam uma sanção, de outra parte, a moral, tal como a entende Renouvier, postula as paixões. É um círculo. Na moral assim concebida, o dever encontra-se, ao menos do ponto de vista lógico, posto em pé de igualdade com o interesse: colocam-se Bentham e Kant um diante do outro, reconhece-se que ambos têm razão e arranja-se uma maneira de fazê-los querer os mesmos objetos em nome de princípios contrários. A sanção serve de lugar de acordo, e o remunerador supremo, de juiz de paz. Não temos de apreciar aqui o valor desses sistemas de moral. Constatamos somente que o formalismo de Kant desapareceu; que a "obrigação de cumprir seu dever *unicamente por dever*" já não existe e é considerada puro paradoxo (*Science de la morale*, t. I, p. 178), que a sanção já não é uma *conseqüência* do dever, mas simplesmente uma *condição*. Então, essa idéia muda inteiramente de aspecto; o castigo e a recompensa já não são considerados vinculados à conduta *moral* por um juízo sintético *a priori*, mas eles são exigidos de antemão pelos agentes para justificar, do ponto de vista sensível, o man-

levada às últimas conseqüências, deveria, de preferência, culminar logicamente neste pensamento de uma mulher do Oriente, que nos é relatado pelo senhor de Joinville*:

> Yves, frade pregador, viu um dia em Damasco uma velha que levava na mão direita uma tigela cheia de fogo e,

---

damento da lei. O ato moral já não constitui, em si mesmo e por si só, um direito à felicidade, mas considera-se que todo ser sensível tem naturalmente esse direito e não quer renunciar a isso no ato moral. Assim entendido, o princípio da sanção perde tudo aquilo que tinha de contraditório e de moralmente insustentável. Mas, em primeiro lugar, ele se torna, como reconhece Renouvier, uma pura *hipótese*; em segundo lugar, suprimido todo sacrifício, a noção ideal de mérito é, com isso, um tanto alterada. Só a esse preço é possível fundir em uma mesma consciência Bentham e Kant. Em suma, nessa antinomia que acabamos de ressaltar entre a idéia de mérito e a de recompensa, é a recompensa que pesa mais na balança: querem que atuemos francamente com vistas à felicidade. Dessa maneira, a sanção já não está, como no sistema de Kant, suspensa no ar e procurando em vão compensar o sacrifício ideal do dever, que só seria verdadeiramente meritório com a condição de *poder* permanecer definitivo. Ela se torna um fim prático, uma utilidade, um interesse. Se um homem honesto não encontra a felicidade na vida ou no além, tem-se doravante uma razão plausível para lastimá-lo, dizendo, como Fontenelle: "Ele calculou mal". O cálculo de interesse que se mistura, assim, à idéia do "imperativo categórico" não deixa de introduzir algum elemento de incerteza na moral. Renunciando a sustentar simplesmente que o dever pelo dever *merece* uma recompensa, Renouvier e Sidgwick dizem apenas que o agente moral, esperando por uma recompensa, seria *enganado* se não fosse recompensado um dia. Eles invocam, por assim dizer, como único argumento, a *veracidade* da consciência, da mesma forma que Descartes invocava a veracidade de Deus, mas tanto uma quanto a outra podem ser suspeitas.

* Jean de Joinville (1225–1317), senescal da Champanha. Foi companheiro de São Luís na sétima cruzada e autor de uma célebre biografia desse rei. (N. de T.)

> na esquerda, um frasco cheio de água. Yves perguntou-lhe: "O que queres fazer com isso?". Ela respondeu-lhe que queria, com o fogo, queimar o paraíso e, com a água, apagar o inferno. E ele lhe perguntou: "Por que queres fazer isso?". "Porque não quero que ninguém faça jamais o bem nem para obter a recompensa do paraíso nem por medo do inferno, mas simplesmente por amor a Deus."

Uma coisa parece conciliar tudo: demonstrar que a virtude envolve analiticamente a felicidade e que escolher entre ela e o prazer é ainda escolher entre duas alegrias, uma inferior e outra superior. Os estóicos acreditavam nisso, Stuart Mill também e o próprio Epicuro. Existe alguma verdade nessa hipótese, mas sua completa realização não é verdadeiramente "deste mundo". Não acreditamos que, na terra, ela possa resistir a um exame mais do que as outras. Se a virtude é essencialmente "gratuita e desinteressada", não se segue daí que ela seja por si mesma uma perfeita recompensa sensível, uma compensação plena (*praemium ipsa virtus**). Os estóicos antigos ou modernos, portanto, erraram do ponto de vista sensível e "patológico". Um soldado que cai ferido por uma bala na frente de batalha não pode experimentar, no *sentimento* do dever cumprido, uma

* Provável referência às palavras de Spinoza, na *Ética*: "Beatitudo non est virtutis premium, sed ipsa virtus" [A beatitude não é a recompensa da virtude, mas a própria virtude]. (N. de T.)

soma de *gozo* equivalente à felicidade de uma vida inteira. Reconheçamos, pois: a virtude não é a felicidade sensível; mais ainda: não existe razão *natural*, tampouco razão puramente *moral* para que ela venha a se tornar isso mais tarde. Assim, quando algumas alternativas se apresentam, o ser moral tem a sensação de estar preso em uma engrenagem: está atado, é cativo do "dever". Não pode libertar-se e só lhe resta esperar o movimento do grande mecanismo social ou natural que deve triturá-lo. Entrega-se, talvez lamentando ter sido a vítima escolhida. A necessidade do sacrifício é, em muitos casos, um número de azar. No entanto, tiramo-lo, colocamo-lo na testa, não sem algum orgulho, e seguimos em frente. O dever em estado agudo faz parte dos acontecimentos trágicos que se fundam sobre a vida. Há existências que quase escaparam dele; são geralmente consideradas felizes. Se o dever pode, assim, fazer vítimas reais, essas vítimas adquiririam direitos *excepcionais* a uma compensação sensível, direitos à felicidade sensível superiores aos dos outros infelizes, dos outros mártires da vida? Não é o que parece. Qualquer sofrimento, *involuntário* ou *desejado*, parece-nos sempre ter direitos ideais a uma compensação, e isso unicamente porque é um *sofrimento*. Compensação, ou seja, balanceamento, é uma palavra que indica uma relação totalmente lógica e sensível, de forma alguma moral. O mesmo vale para as palavras recompensa e castigo, que têm o mesmo sentido. São termos da língua passional transportados despropositadamente para a língua moral. A compensação ideal dos bens e dos males sensíveis é tudo aquilo que é possível reter das idéias vulgares sobre o castigo e a recompensa. É preciso lembrar que a antiga Nêmesis* não castigava apenas os malvados, mas também os felizes da vida, aqueles que tinham tido mais do que sua parcela de gozo. Do mesmo modo, o cristianismo, nos tempos primitivos, considerava os pobres e os enfermos de espírito ou de corpo como aqueles que tinham a maior chance de estar um dia entre os eleitos. O homem rico do Evangelho é ameaçado com o inferno sem outra razão aparente além de sua própria riqueza. Os primeiros serão os últimos. Ainda hoje, esse movimento de oscilação na grande máquina do mundo nos parece desejável. O ideal parece ser a igualdade absoluta de felicidade entre todos os seres, quaisquer que sejam eles. A vida, ao contrário, é uma consagração perpétua da desigualdade; a maior parte dos seres vivos, bons ou maus, teria, portanto, o direito ideal a uma reparação, a uma espécie de equilíbrio das alegrias, a um nivelamento universal. Seria preciso aplanar o oceano das coisas. Nenhuma indução tirada da natureza pode levar a supor que isso algum dia venha a acontecer, muito pelo contrário. Mas nós dizemos que isso *deveria* acontecer, e essa compensação geral de todos os sofrimentos, nós preferimos ingenuamente esperá-la.

* Na mitologia grega, deusa da vingança divina. (N. de T.)

Bibliografia citada

CARO, Elme-Marie. *Problèmes de morale sociale*. Paris, Hachette, 1876.

FERRI, Enrico. *Il diritto di punire*. Turim, 1882.

FOUILLÉE, Alfred. *La liberté et le déterminisme*. Paris, Ladrange, 1872.

________. *La science sociale contemporaine*. Paris, Hachette, 1880.

FRANCK, Adolphe. *Philosophie du droit pénal*. Paris, Germer Baillière, 1864.

GAROFALO, Raffaele. *Di un criterio positivo della penalità*. Nápoles, L. Vallardi, 1880

GUYAU, Jean-Marie. *La morale anglaise contemporaine, morale de l'utilité de l'évolution*. Paris, Germer Baillière, 1879.

JANET, Paul. *La famille, leçons de philosophie morale*. Paris, Ladrange, 1855.

________. *Leçon d'ouverture du cours de philosophie, prononcée à la Faculté des Lettres de Paris, le 16 décembre 1862*. Paris, P. Dupont, 1862.

________. *La morale*. Paris, C. Delagrave, 1874.

________. *Traité élémentaire de philosophie, à l'usage des classes*. Paris, C. Delagrave, 1880.

KANT, Immanuel. *Critique de la raison pratique, précédée des Fondements de la métaphysique des moeurs*. Trad. Jules Barni. Paris, Ladrange, 1848.

RENOUVIER, Charles. *Science de la morale*. Paris, Ladrange, 1869.

VALLIER, Charles Alexandre. *De l'Intention morale*. Paris, Germer Baillière, 1882.

1ª edição Dezembro de 2007 | **Diagramação** Megaart Design
Fontes Rotis/Agaramond | **Papel** Ofsete Bahia Sul
Impressão e acabamento Centro de Estudos Vida & Consciência Editora Ltda